モン
かあふれる
世界になったので、
好きに生きたいと思います
7
Author よっしゃあっ! Illustrator こるせ

「コイツがカオス・フロンティア……？」

「ヨウコソ、私ハ――カオス・フロンティア、デス……」
「驚カレルノモ無理ハアリマセン。私ハ未ダ未覚醒デスカラ」

不意に、俺はカオス・フロンティアに向けて手をかざす。
それは殆ど無意識に近かった。
もう使わないでいた。
この世界で、俺が最初に使ったスキル。
『アイテムボックス』

CONTENTS

The world is full of monsters now,
therefor I want to live as I wish.

モンスターがあふれる
世界に
なったので、
好きに生きたいと思います
7
Illustrator こるせ
Author よっしゃあっ!

序章

《――――ザザ――――ザザザザ――――ザザザザザザザザザザザザ》
《――接続――接続――失敗――再試行》
《――接続――接続――成功》
《――に――を付与。――続いて――の因子を――》
《ザザザザザザザ――ザザザ――ザ――ァ――ザザザザザザザザザザ》
《――接続――接続――成功――再試行――………――の因子を――に付与――成功》
《――の――を確立する事に成功》
《続いて――の端末を異世界の残滓《ざんし》へ接続――失敗――再試行》
《――失敗――失敗――再試行――失敗――……――成功》
――ゆっくりとソレの意識は覚醒《かくせい》する。
昏《くら》い闇《やみ》が広がる空間で、ソレは己《おのれ》の存在意義について考え始めた。
何のために己は存在するのか？　己は世界へ何の影響を与えるのか？　どうして？　何のために？
《――ループの記録を付与――接続――接続――成功》
何度もソレは世界を滅ぼす夢を見た。何度もそれに抗《あらが》う人々を見た。

その度に思うのだ。

どうして世界はこんなにも脆《もろ》いのだろう？

どうして世界はこんなにも窮屈なのだろう？

ソレが息をするだけで、手を動かすだけで、世界は軋《きし》み崩壊してしまう。

自由に体を動かす事も、誰かと手を取り合う事も何もできない。

ソレにとって世界とは脆く窮屈で、そしてどうしようもないほどに理不尽な場所だった。

自由に動ける世界が欲しい。いくら遊んでも壊れない世界が欲しい。

《――成功――感情値を――増幅――ループ――一定割合で増幅――成功――再試行》

いつしかソレは与えられた役割以外を望むようになっていた。

そもそも本来は意思を持たない。持てないはずの存在だった。だった、過去形だ。

《――世界の強化――成功――再試行――成功――成功――成功――巻き戻し発動――成功》

《――よりエネルギーを代用――成功――再試行――失敗――再試行――成功――再試行》

アポトーシスという言葉がある。

個体をより正常な状態へ保つために引き起こされるプログラムされた死の事だ。成長するにつれてオタマジャクシの尾が消え蛙《かえる》になるように、人の指が最初は全て繋《つな》がっていたものがやがて分かれて形成されていくように、細胞の死が最初から成長に組み込まれている。

ソレはいわば、世界におけるアポトーシスといえる存在。

世界をより強靭《きようじん》に、より長く維持するための作用として、世界が生まれた瞬間から組み込まれている。世界の細胞――すなわち生命を絶滅させ、より強い世界を創り直すために。

そこには意思も主張もなく、ただ組み込まれた通り《プログラム》の死を実行するだけの存在だった。それが役割であり、存在意義なのだから。

《――アクセス――アクセス――成功》

《――因子ヲ――ザザザザ――注入――――成功――ザザ――ザザザザ》

「――ァァァ……ぁ、ああ……あ？　私……私は……ここは？」

しかし今その存在は明確に声を発していた。明確な意思を確立しようとしていた。

ずるりと昏い泥の中から起き上がり、その小さな体を見つめる。

「――――私は……誰？」

世界の理《ことわり》、世界のアポトーシス――通称カオス・フロンティアと呼ばれているソレは二つの世界の融合によって、本来あり得ない存在へと変貌《へんぼう》を遂げようとしていた。

《――成功。これで全ての――ザザザ――準備は整った――後は――ザザ……》

それが果たして、どういう結末をもたらすのかは、まだ誰にもわからない。

第一章　混乱、泥沼、リトライ、リベンジ

目の前で混乱するリベルさんを見て俺《おれ》は絶望した。

「覚えて……ない？　今までのループを？　じょ、冗談ですよね……？」

「だからさっきから何のことを言ってるのよ？」

演技や冗談を言っているようには見えない。

彼女は本当に覚えていないのだ。

これまでの記憶を——彼女のスキル『巻き戻し』によって世界を繰り返し、何度も俺たちを導き、異世界の残滓《ざんし》と戦ってきたその全てを。

「嘘《うそ》だろ……こんなのってありかよ……」

俺は愕然《がくぜん》とした。そもそもこんな事があり得るのか？　いや、現に起きている。『巻き戻し』の所有者に記憶がなく、俺だけが記憶を保持した状態でのやり直しというあまりにも異常な事態が。

——ループを繰り返すうちに、スキル『巻き戻し』にも何か影響が出てるのかもしれないわね。

前回のループでリベルさんはそう言っていた。

確かに俺が覚えている前々回のループと、前回のループでは色々な違いがあった。

俺が記憶を保持している事、異世界の残滓たちとの戦いが最初の時とは違っていた事。スキルの

差異も含め様々な違いがあった。だが、大きな流れは同じだった。

だが今回は前提が引っくり返ってる。

スキル所有者が記憶を失い、スキルとは関係ない俺だけが記憶を保持しているなんて、いくらなんでもあり得ない。こんなの洒落《しゃれ》になってないぞ……。

いや、現実にそのあり得ない事態が起こっているんだ。

考えを切り替えろ。

俺が今すべきことは、どうやってリベルさんにこの状況を理解してもらい、俺たちを信用させるか、それが最優先事項だ。

彼女の協力が無ければ異世界の残滓も、その先に待つカオス・フロンティアにも対抗できないのだから。

「リベルさん、とりあえずは話を――がはっ⁉」

「状況はよく理解できてないけど、アンタは何か知ってるみたいね？　話してくれない？　じゃないとこのまま絞め殺すわよ？」

リベルさんの手が俺の首を鷲掴《わしづか》みにしていた。万力《まんりき》のような握力。呼吸ができず、意識が朦朧《もうろう》とする。

「ク、カズトさん！」

「わぉん！」

奈津《なつ》さんとモモが臨戦態勢に入る。

「い、いい、二人とも。だ、大丈夫……だから……」

だが俺はそれを手で制す。ここで戦闘になれば確実にリベルさんとの関係は悪化する。それだけは駄目だ。

「……」

リベルさんは手を離す。俺は眩暈《めまい》を起こして尻《しり》もちをついた。

「げほっ……ハァ、ハァ、ハァ……」

考えろ。考えろ。どうやったらリベルさんの信頼を勝ち取れる？　どうやったら彼女を信じさせることができる？

（海王様の事を伝える？　これから起きることを話す？）

駄目だ。それは話を聞いてもらってからじゃないと意味がない。まずはこっちに敵意が無い事を示さないと駄目だ。

「……お願いします。話を聞いて下さい」

俺は地に這《は》いつくばって頭を下げる。土下座だ。リベルさんが首を傾《かし》げる気配がした。

「……なにそれ？」

「土下座って言います。この世界――いや、この国では相手への最大限の恭倹や誠意を示す際に行う姿勢です」

「……ふぅん……」

するとリベルさんから敵意を感じなくなった。

「……本当に敵意が無いわね。騙《だま》してる感じもない。……ごめんなさいね。どうにも訳が分からない状況だったから警戒してた。話を聞かせてもらえるかしら？」

「っ……ええ、勿論《もちろん》」

良かった。やはり土下座……土下座は全てを解決する。……なんてふざけた事を言ってる場合じゃないな。

「信じられないかもしれませんが、これからお話することは全て事実です。奈津さんも聞いてほしい。俺がさっきまで何を見て、何を経験してきたのかを……」

「え、あっ、名前、……は、はいっ」

奈津さんはちょっと顔を赤くして頷《うなず》いた。

「うぅ～……わぉん」

モモの方はリベルさんをまだ警戒している様子だったが、俺の足元にピタッとくっつくと大人しくなった。ありがとな、モモ。無言で頭を撫《な》でると、モモは嬉《うれ》しそうに尻尾《しっぽ》を震わせた。

俺はアイテムボックスから缶コーヒーを取り出し、皆に配る。モモにはお水な。話せば長くなるから飲み物は必須。

「それじゃあ話します。まず――」

俺は皆に前回までのループの事を話した。

キャンプ場の一件の後、リベルさんが現れたこと。彼女の世界の事情や、二つの世界が融合した理由、その結果、この世界の寿命も大幅に縮んだこと。異世界の残滓を倒すために強くなり、その死闘の果てに世界の理《ことわり》――カオス・フロンティアそのものが現れ、この世界を崩壊させたことも。
俺が経験してきた全てを説明した。

●

「――なるほどね。『巻き戻し』の影響がそんな形で現れるなんて。想定してたよりもずっと悪い状況だったのね」

「……信じてくれるんですか？」

「信じるも何も、この状況が全てを物語ってるわよ。実感はないけど、確信はある。アナタを信じるわ、クドウカズト」

「わ、私だってカズトさんを信じますっ」

「わんっ」『きゅー♪』『……（ふるふる）♪」

奈津さんたちも同じように信じてくれた。

「二つの世界の融合や、カオス・フロンティアって言葉が出た時点で信じざるを得なかったわ。その情報を知ってるのは、あの世界でも私とお師匠様だけだったから」

「こちらも確認したいのですが、リベルさんはどこまで覚えているんですか？」

「覚えているって言い方はちょっと変な感じだけど……。ここに来る直前まで私はシュラムと一緒にいたわ。丁度、スライムの素材が欲しかったから。それでシュラムを上手《うま》く騙し……説得して素材を貰《もら》って帰る途中だったわね」

今、騙してって言おうとしたよね。毎回毎回、ループの度に海王様にキレられてたけど納得である。

リベルさんは俺から貰った缶コーヒーをぐいっと呷《あお》る。

全部聞き終わるまで全然手を付けなかったな。俺なんてもう三本目なのに。

「……あら？　美味《おい》しいわね、これ。なんて飲み物？」

「コーヒーですよ。……リベルさんの世界ではコヒィル、でしたっけ？」

「へぇー、こっちの世界ではそう言うのね。ずいぶん、上質なものなんじゃない？」

「こっちではごく一般的な品質ですよ。ちなみにこの会話もこれで三度目です」

「……そう、なるほど。お代わりもらえる？」

今のやり取りで、リベルさんは色々と察してくれたのだろう。二本目のコーヒーはためらうことなく口に運んだ。

「……本当に美味しいわ。私は何度、これを味わったのかしらね」

それはリベルさんが現状を理解してくれたからこそ出た言葉なのだろう。

「さて、そろそろかな？」

俺は周囲を見回す。

「何が？」

「いえ、いつもなら俺たちが会話を終えたあたりに、ソラが乱入してくるんですが……」

その気配がない。

「ソラ?」

「俺たちの仲間の竜《ドラゴン》です。どうしたのかな……?」

大体俺たちが話し終えた頃《ころ》を見計らったかのように介入してきたのだが、今回はその様子が見られない。

ソラの気配を探ってみると、自衛隊基地の屋上で昼寝をしているのが分かった。

(……リベルさんの気配に気付かなかった? いや、今まではたとえ寝てても起きてたよな?)

まあ、俺としては話し合いがスムーズに終わって好都合だったけど。

リベルさんが記憶を失っている状態で襲ってきたら、最悪ソラがガチで死にかねないし。

……しかし自分で体験してみると、改めてリベルさんの大変さがよくわかるな。

毎回、毎回、こうやって相手に信じてもらうところからコツコツ始めなきゃいけないなんて。それも異世界の残滓に気取《けど》られないように少しずつ内容を変えて進めていくんだ。

こんな大変な作業を一体何回繰り返してきたのだろう。俺だったら確実に心が折れる。

(……もし今回も駄目だったら……)

頭の中に浮かんだその考えを俺はすぐに振り払う。

止《や》めろ、止めろ。始まる前から、失敗した後の事なんて考えてどうするんだ。

そもそも巻き戻しがまた発動するなんて保証はどこにもない。

もし発動したとしても、次はもっととんでもない状態で繰り返す羽目になるかもしれないんだ。

「終わらせるんだ……絶対に」

今回のループで決着をつける。

俺は心の中で改めてそう誓った。

「そうね。あ、私の記憶を取り戻すのも手伝ってね。色々忘れたままでいるのも気分良くないし、記憶が戻った方がアンタたちにとっても都合がいいでしょ？」

「勿論、そっちも協力しますよ」

と言っても、失《な》くした記憶を取り戻すなんてどうすればいいのか見当もつかないけど。

巻き戻しの影響だとすれば、やっぱり一番手がかりになりそうなのはユキか。

でもユキが回復するのはまだ先になる。こっちから接触する方法がない以上、今はまだ待つしかないか。

（そういえば、ユキも一回目と二回目で変化があったな……）

一回目は異世界の残滓との決戦までに力の回復が間に合わなかった。

二回目では力の回復は間に合うと本人が言っていた。……結局、戦場には現れなかったけど。

今回も何か変化があるかもしれない。その辺も要注意だな。

なにはともあれ、こうして俺たちはリベルさんの協力を取り付けることができたのだった。

「んで、この後はどうするの？」

「今までの流れを沿うなら、皆を集めての話し合いになります。そこでリベルさんからこの世界の現状や融合した原因、そして異世界の残滓との戦いについて話してもらう事になります」

「なるほどね。しかし自分が覚えていないのに、既視感はあるってのは何とも奇妙な感覚だわ」

「既視感があるんですか？」

「なんとなく、だけどね。じゃなければ信じられる訳ないでしょ。こんなすぐにね」

「……それもそうですね。ともかく、この後の流れと話の内容を教えておきます」

「お願いするわ」


――それから数時間後、俺たちは前回のループ同様、皆にもこの事を話した。

「と、いう訳なの。信じてくれるかしら？」

リベルさんにループの記憶はない。

だが、あえて彼女から皆に事情を説明してもらった。

ただでさえ混乱する状況なのに、既《すで》にそれを何度も繰り返していて、しかも本人にその記憶がないなんて説明する上ではノイズにしかならない。

話す内容や、西野《にしの》君たちからの質問は俺が覚えている範囲であらかじめリベルさんに伝えておいた。

その甲斐《かい》もあってか、誰も違和感を覚える事無く会議を終える事ができた。

唯一、五十嵐《いがらし》さんが妙に俺の方に視線を向けてたのが気になったが、何か言って来る事は無かった。

●

次の日から異世界の残滓に向けての特訓が始まった。

内容は前回までのループと同じリベルさんとの実践演習。それぞれのレベルに合わせて、リベルさんと戦い、経験値を溜《た》めるやり方だ。

「へぇ～、なるほど。ループする前の私はこんな感じの訓練をしてたのね。中々、合理的じゃない」

「とりあえず俺の覚えてる限りはこんなところです。お願いできますか？」

「勿論よ。ただ……」

「……どうしました？」

リベルさんはどこか違和感を覚えたようで首をひねる。

「合理的ではあるけど……効率的でない部分もあるのよね。レベルアップやその後のスキルの取得方法まで……まるでわざと非効率に行ってるみたい」

「……これでですか？」

「ええ。異世界の残滓との戦いまでに用意された期間は四か月から半年。それだけあれば本来ならカズトは半神人《デミ・ゴッド》どころか、その更に上位種族の『神人』まで進化しててもおかしくないんだけど……」

リベルさんの言葉に俺は驚く。

てっきり今までのループと同じ訓練を行うとばかり思っていたのに。

「……本当ですか？」

「本当よ。普通のやり方なら不可能だけど、システムの知識がある私と、『早熟』を持つアンタ、それに『検索』を持ってる九条《くじよう》あやめ、だったっけ？　彼女がいれば、超々効率的なレベルアップとスキル取得が可能だもの」

「……確かにそれはそうですね」

「最大効率で行えば、少なくともカズトとあやめは最上位種である『神人』に、奈津も始源人《オリジン》の上位種『真祖人』に、六花《りつか》は『鬼神』に、他《ほか》のメンバーもそれぞれもう一段階上の種族に進化できてたと思うし、固有スキルももっと取得できてたはずよ」

マジかよ……。効率的にレベルアップとスキル取得すればそこまで強化が可能だったのか。

「でも前のリベルさんは前々回のループで、『今回のループが今までの集大成だ』って言ってましたよね？」

「そうよね。もっと強くなれたはずなのに、あえてそれをしなかった――留めた理由……」

リベルさんは少し考え込んだ後、あっと納得したように声を上げた。

「そうか……残滓の対策か」

「あっ」

言われて俺もハッとなる。

そうだった。以前のループでリベルさんは言っていたではないか。あまりにも効率的にレベルを上げ過ぎると、異世界の残滓に気取られて対策を取られると。

「おそらく何度目かのループ――いいえ、多分、私の性格からして『最初』のループね。全力、最大、最効率でアナタたちを強化したんだと思う。でも……失敗したんだわ。その理由は――」

「……カオス・フロンティア」

そう考えれば納得がいく。おそらく最初のループで俺たちはリベルさんと協力し、最大限レベルを上げて異世界の残滓たちと戦い、そして勝利した。だが、その後に出現したカオス・フロンティアにやられて失敗したのだろう。

「……『巻き戻し』の影響なのでしょうね。二回目以降の私はカオス・フロンティアの事を忘れていたんでしょ？　でも『強くし過ぎると失敗する』って結果だけは覚えていた。だからこそ、アナタたちを異世界の残滓に勝てるギリギリのところまで育てて決戦に臨んだんでしょうね」

「だからリベルさんは何度もループしていたんですね」

ようやく彼女が何度もループを繰り返している理由に納得がいった。強すぎるとカオス・フロンティアが出現すると考えたリベルさんは、異世界の残滓相手にギリギリ勝てるかどうかくらいに俺たちの強さを調節していたのだ。その集大成が前々回のループ。

ただ結果として、強かろうが弱かろうがカオス・フロンティアは出現するという最悪の結果になったわけだけど。

「でもそういう事なら訓練内容を変更する必要があるわね。最大限まで強くしようが、ギリギリまで調節しようが、どっちにしても必ずカオス・フロンティアが出現するんだったら、アナタたちの強さを制限する必要はない」

「ええ。俺たちも考えていたカオス・フロンティア相手の対策もやりやすくなります」

前回のループではそれで失敗したからな。

俺たち自身がこれ以上強くなることができるのなら、異世界の残滓相手に戦って尚、十分な余力を残して、カオス・フロンティアと対峙《たいじ》する事もできる。

「という訳でカズト。まずはアンタから訓練しましょうか。参考までに聞かせてもらったアンタの訓練内容の十倍以上は厳しくなるかもしれないけど、問題ないわよね」

「はいっ…………………はい？」

十倍？　あの地獄みたいな訓練の更に十倍？

うーん、よく分からないな。何を言ってるんだろうかこの人は。ははは。

「あの……俺はあれです。先にあや姉《ねえ》や河滝《かわたき》さんを勧誘しないとですし。ねえ、『検索』とか他の固有スキル保有者がいないと色々あれでしょう……？」

という訳で、俺はクールに去るぜ。

「どこ行くのよ」

だが捕まった。

にっこりと笑みを浮かべるリベルさん。

その口が三日月のようにぱっくりと割れているのがとても不気味だった。

「くっ……はな、離して……いや、話せばわかる。そうでしょう？」

「大丈夫よ。これから行う訓練は『検索』は必要ないわ。探しに行くのは一週間くらい後でも問題ない。まずはアンタをみっちり鍛えてあげる。大丈夫。死にはしないわ。……多分」

「多分って言いましたよね⁉　今、多分って言いましたね！」

人の命を何だと思っているんだ！　人権侵害だ！　俺は断固拒否する。

「大丈夫よ。一周目の私も同じような訓練をしたと思うし、それをアンタたちは乗り切った。だからきっと多分大丈夫な気がしないでもない。ねっ？」

「いやぁぁぁああああああああ――――……」

――その日、俺は死んだ。

あ、間違った。死にかけた。

本気のリベルさんの訓練はとんでもないものだった。

不思議だよね。手足って消し飛んでもすぐに治せるんだってよ。

心臓を抉《えぐ》られた時ってあんな風に痛むんだなぁ……。貴重な経験をさせてもらった。物理的にぽっかりと空いた心の穴はすぐに塞《ふさ》がった。……死んだはずの両親が川の向こうから手を振っていたのが見えたのはきっと幻だったんだと思いたい。

まあ、そんなこんなで何度も何度も死にかけたのだが、その甲斐はあった。

《――経験値が一定に達しました。クドウ　カズトのＬＶが29から30に上がりました》

僅《わず》か三日で俺は半神人《デミ・ゴッド》に進化する事ができた。

「うっひゃぁ〜……、凄《すご》いね、おにーさん。私だったらあんなの絶対できないよ」

「ですです。私だって無理です」

俺の訓練を見ていた奈津さんと六花ちゃんがそれはもうドン引きしていた。くっそー、他人事《ひとごと》だと思いやがって。

だがリベルさんの次の一言で、二人は凍りつく。

「何言ってんのよ？　次はアンタたちの番よ？」

「「……………は？」」

そして奈津さんと六花ちゃんも死んだ。

一週間で始源人《オリジン》と高位鬼人《オニビト》まで進化する事ができた。

「えひ……えひひひひ……。モモちゃ～ん。もふ、もふですぅ……ぁ」

「ナッつ～～ん……なー……なーなー……あへっ……あへへへへ……」

その結果、二人は壊れた。眼の光が消え、意識も朦朧とした有様《ありさま》である。

「おい、六花！　しっかりしろ！　俺が分かるか？　おい、しっかりしろ！　戻ってこい六花！」

「わんっ！　わんわん！　わん！」

西野君とモモが必死に二人を現実へと呼び戻してる。うん、分かる分かる。俺もああなったから。

大丈夫、ちゃんと戻って来れるよ。多分、きっと。

その様子を見ていた、サヤちゃん、クロ、五十嵐さんが震えている。

次は自分の番かと気が気でないのだろう。

「う、嘘でしょ……。次、私たちがアレするの……？」

「クゥ～ン……」

「だ、大丈夫よ、サヤちゃん。私とクロがついてるわ。それにいざとなったらアナタだけでも逃がして――」

そんな彼女らの背後に死神《リベルさん》が現れる。

「逃がすわけないでしょう？　さあ、楽しい楽しいトレーニングの時間でちゅよ〜。頑張りましょうねぇ〜」

「い、いやぁあああ！　死にたくない！　カズ兄《にい》！　助けてぇえええええええ……」

「ワォォオオオオン！　クゥーン……」

「カ、カズトさん！　お願いです！　助けて下さい！　何でも！　何でもしますから！」

まるで処刑場にでも連行されるような二人と一匹を俺はただ見送るしかできなかった。

「あ、あははは……かずにー……かずにーがいっぱい……あはははは……」

「…………クゥン…………ァフ…………」

「ごめんなさい、ごめんなさい、ごめんなさい、ごめんなさい、ごめんなさい」

更に三日後、サヤちゃんは『超人』に、五十嵐さんは『天上人』にそれぞれ進化した。

大丈夫。壊れてるけど、また元に戻るよ。俺や奈津さんたちもそうだったから。

「ひぃいいいいいい！」「い、いやだあああああ！」「助けてくれええええええ！」「先輩！　カズト先輩いいいいいい！　助けてえええええええ！」「いやぁぁあああああ！　まだ結婚もしてないのに死ぬのは嫌ああああああ！」『わぁー、これたのしー♪　カズトー、これたのしーよー♪』

更に西野君、大野《おおの》君、柴田《しばた》君に二条《にじょう》、清水《しみず》チーフと次々にリベルさんの訓練の犠牲になってゆく。

唯一、シロだけは楽しそうだったが、他の面々はもはや語るまでもないだろう。

確かに地獄だったが、その甲斐はあったのだろう。僅か一週間で、俺たちは前回のループとほぼ同じ状態まで力を高めたのだから。

最初の訓練を無事……いや、無事ではないけど、ものっすごく心に傷を負ったけど、なんとか乗り切った俺は『安全地帯』を出てあや姉と河滝さんらの元へと向かった。

この辺の流れは前回までとほぼ同じだ。

あや姉も、河滝さんも事情を話すとすぐに仲間になってくれた。

まあ、その後の地獄の訓練で彼女たちも泣きを見ることになるけどね。皆、平等にあの訓練を受けるから。

だが短期間で大幅にパワーアップする事はできた。

「さて、次は海王様とスイの復活だな……」

海王様との会談は、まずリベルさんを説得しないと駄目だし、先にスイを復活させるか。

大きめの植木鉢に赤土と黒土を混ぜて、そこに神樹の種を入れて水をまく。

……うん。毎回思うけど、こんなお手軽な方法で復活するとかどうなんだろう?

まあ、今更気にする事もないけどな。これで次の日にはスイは復活するだろう。

俺は日当たりの良い場所にスイを置いてリベルさんの元へ向かった。

「リベルさん、明日は海王様に会いに行きましょう」

「えっ」

俺の言葉を聞いたリベルさんは物凄く嫌そうな顔をした。

「なんでそんな顔を？」

「いや、だって……その……海王ってシュラムの事よね？　スライムの……」

「そうですよ」

リベルさんはガタッと立ち上がると、激しく手と首を横に振った。

「嫌よ！　ていうか無理、無理、無理。ぜぇーったい無理！　アンタ、ループの記憶があるなら知ってるでしょ？　私、アイツにめっちゃ恨《うら》まれてるのよ？　協力なんてしてくれないわ！」

「そんな事ないですよ。現に前回、前々回と海王様は俺たちに力を貸してくれました。とても話の分かる人――というか、スライムでしたよ」

「ほ、本当……？　その、私も一緒に行ったのに？」

「ええ、むしろリベルさんのおかげで交渉はとてもスムーズにいきました」

主に海王様にボコボコにされる形で――とは勿論、黙っておく。

「そ、そう……？　なら仕方ないわね。一緒に行ってあげる」

「ありがとうございます」

きっと明日リベルさんはボコボコにされるだろう。勿論、そんなネタバレはしないけど。

次の日、目を覚ますとスイは芽を出していた。

『――お腹《なか》が空《す》きました。何か食べ物を下さい、お父さん』

「はいよ。確か液体肥料が良かったんだよな」

俺はスイに液体肥料を与える。スイは嬉しそうに体を震わせた。

『ありがとうございます。……あれ？　おかしいです。僕は初めてお父さんに会ったのに、なんか初めて会った気がしないです』

「えっ……？」

まさかスイにもループの記憶があるのか？

それとも単に既視感を覚えているだけだろうか？

「スイ、本当か？　何か思い出せることはないか？」

『スイって僕の名前ですか？』

「ああ、嫌か？」

『そんな事ないです。むしろ凄くしっくりくる感じがします。どうしてでしょう？』

うーん。これはやっぱりスイにも何か影響が出ているのか？

あり得ない話じゃない。スイは決戦時にはリベルさんのサポートをしていた。俺以外では最もリベルさんの影響を受けやすい位置にいたのだ。

スイはちっちゃな芽を左右に揺らす。どうやら悩んでいる仕草《しぐさ》っぽい。

『うーん。なんか変な感覚です。お父さん、もっと肥料を下さい。そうすれば何か思い出すかもしれません』

「ああ、どんどん食え。ほら」

俺は液体肥料を更に二、三本スイの鉢に刺す。……これってあげ過ぎても大丈夫なんだっけ？

昔、会社で二条が職場に飾ってあった観葉植物に刺さっていた液体肥料を誤って全部あげちゃった時は枯れちゃったんだよな。アイツ、清水チーフにめっちゃ怒られてたな。ついでに何故《なぜ》か連帯責任で俺まで怒られたけど。

俺の心配をよそに、スイは肥料をぐんぐん吸収し、一気に芽が大きくなった。

『う～～ん、全然足りないです。もっと欲しいです。お父さん、もっと下さい』

「も、もっとか？　大丈夫か？　一気に肥料をあげ過ぎるのもよくないんだぞ？」

『欲しいです、欲しいですー。心配しなくても大丈夫ですから、もっと肥料下さい。むしろ体にどんどん力が戻ってる感じがするんです』

念のために俺は下位神眼を使ってスイを鑑定する。

スイ

ミニチュア・エルダートレント　レベル４
HP20／20
MP10／10
力３　耐久３　敏捷３
器用３　魔力３　対魔力３
SP36000

職業

固有スキル

■■■■、
■■■■、■■■■

スキル

成長ＬＶ10、
意思疎通ＬＶ10、
念話ＬＶ10、
認識阻害ＬＶ１、
忘却ＬＶ１、
存在吸収ＬＶ１、
地形同化ＬＶ１、
異界固定ＬＶ10、
成長促進ＬＶ１、
記憶共有ＬＶ１

……どういう事だ？

スキル欄にスキルが増えてる。成長促進はおそらく肥料の影響かもしれないが、もう一つのスキル。

――『記憶共有』。

明らかにピンポイントなスキル名だ。今までのループではこんなスキルは無かった。

奈津さんやモモたちにもこんなスキルは無い。

（やっぱりリベルさんのサポートをしていたのが要因か？）

もしスイの記憶共有のレベルが上がれば、新しい情報やリベルさんの記憶を取り戻す手がかりにもなるかもしれない。

「……よし、スイ。もっと肥料をやろう！　これからガンガン成長してくれ！」

『わーい♪　やったーです♪』

こうして肥料をガンガン与えた結果、スイはその日のうちに『擬人化』をはじめ、様々なスキルを取得するのであった。

スイの世話を終えた後、俺は奈津さん、リベルさんと共に海王様の元へと向かった。

「ぴぎゃあああああー」

前回、前々回同様リベルさんがボコられるところからのスタートである。

俺は慣れた手つきで砂浜に大根のように刺さったリベルさんを引っこ抜く。

「嘘つき！　カズト、アンタ、私を騙したわね！」

「騙してなんていませんよ？　リベルさんがいたから海王様はこうして会ってくれたんじゃないですか」

「殴られるなんて聞いてないわよ！　おかしいでしょ？　……その、記憶ないから自信ないんだけど、私殴られる理由なんてないわよ？　一応、私の認識ではまだ世界は融合する前だったし、シュラムにも隠し事はしてないし。……ほら？　殴られる理由ないと思うのよね」

『そう思うのなら、そうなのだろう。お前の中ではなっ！』

「ぐはぁ!?」

海王様の体当たり。リベルさんは吹き飛んだ。

「本当に後ろめたい理由がないなら、あんなに会いに来るのを拒否するわけないでしょうに」

「……あの、カズトさん、いいんですか、これ？」

「問題ないです。過去のループでもおなじみの光景でしたから」

「えぇー」

リベルさんはループや世界融合以前から海王様を酷使してたみたいだし、そこは仕方ないよね。

ともかく海王様に事情を説明すると、ここでもまた新たな変化があった。

『……なるほどな。これまでの奇妙な感覚の正体がようやく摑めた』

「奇妙な感覚、ですか？」

『うむ。貴様らで言うところの既視感だな。世界がこうなってから何度も感じていた』

どうやら海王様もスイと同じように既視感があったようだ。

「これも『巻き戻し』の影響でしょうか？」

『かもしれんし、別の影響かもしれん』

「別の影響？」

『君の仲間に『共鳴』の固有スキルを持つ者がいただろう？　あのスキルはパーティーメンバーに様々な影響を与えるスキルだ』

「モモの……？」

「くぅーん？」

モモは首を傾げる。可愛《かわい》い。

まさかこんなところでモモの固有スキルの話が出るとは思わなかった。

そもそもモモの固有スキル『共鳴』は調べても調べてもよく分からないスキルだった。

何か分かるのであれば是非とも教えてほしい。

「海王様は『共鳴』のスキルについて何か知ってるんですか？」

『詳しくは知らん。だが似たようなスキルを持つ者が我々の世界にもいた』

「……一体誰なんです？」

『ルリエル・レーベンヘルツ。リベルの母親にして『賢者』と呼ばれた者だ』

リベルさんの母親だと……？

『我の知っている限りルリエルはその力で他人の強化や記憶の共有などを行っていた』

「それが『共鳴』の効果……？」

『うむ。だがそれは彼女の持つ力の一端に過ぎん。奴《やつ》はどんなスキルでも瞬《また》く間に習得した。数日も会わなければ、もはや別人と言っていいレベルで力を上げていた。間違いなく我らのいた世界では最強の存在であった』

「……たった数日で爆発的に力を上げる」

それはまるでリベルさんが今行っている訓練や、俺の『早熟』のようではないか。

『他にも相手の力を意のままに変えたり、知りたいと願った知識をすぐに知る事もできた』

相手の力を意のままに変える。これはあや姉の仲間——三毛猫のハルさんの持つスキル『変換』と同じ効果だ。知りたいと願った知識をすぐに知る事ができるのはあや姉の『検索』に酷似している。

ひょっとして『早熟』、『共鳴』、『検索』、『変換』は元々はルリエルさんが持っていたスキルだったのか？

いや、でもリベルさんは自分がシステムを組むときに創ったスキルだって言ってた気がする……。

もしくはリベルさんも知らなかった可能性があるとか？

考えてみれば俺は『早熟』の効果も何となくでしか把握していない。

アロガンツは言っていたではないか。『早熟』や『傲慢《ごうまん》』はシステムに介入できる特別なスキルだと。

だとすればモモの『共鳴』もシステムに介入できる特別なスキルの可能性が高い。

「……調べなきゃいけない事がまた増えたな」

スイに海王様の既視感や記憶の引き継ぎ。モモの共鳴。

ひょっとしたら俺が気付いていないだけで、モモもループの影響をなにか受けているのか？

「モモ、何か覚えてるか？」

「くぅーん？　……わふっ」

モモは「よく分からない」とあいまいな返事をする。

まあ、そりゃそうか。そもそも何か覚えていればモモが俺に知らせない訳がない。

とりあえずアカの分身体を海王様に預け、俺たちは拠点へ戻るのだった。

あとリベルさんも居残りだ。どうやらまだ海王様は殴り足りなかったらしい。

「た、助けてカズト！　お願い！　助けてくれたら何でも言う事聞くから！　ぺぎゃぁ！」

……まあ、その。あれだ。頑張って下さい。

拠点に戻ると、二条や清水チーフが訓練をしていた。

相手はリベルさんの召喚したモンスターたちだ。

リベルさんが不在の時は、彼らが変わって俺たちの訓練をしてくれているのである。

「うぇぇえええええん～～もう無理です。私、もう死んじゃうんだぁ～……」

「二条さん、人はそう簡単に死なないから安心しなさい。……ぐはっ」

「言った傍《そば》から、死にかけてるじゃないですか！　清水チーフ！　しっかりして下さい～っ」

二条も清水チーフもボロボロの姿だった。周りには藤田《ふじた》さんや自衛隊の皆さん、河滝さんらの姿もある。全員もれなく傷だらけの死屍累々《ししるいるい》だった。

二条が俺に気付いた。

「あ、カズトせんぱ～～～～～い！　せんぱい！　せんぱい！　せんぱい～～～～～！」

「うぉっ、二条、急に抱きついて来るなって」

「だって、だってこれ訓練じゃないですよ。拷問《ごうもん》ですよ、死んじゃいますよ。うぁぁぁあああああ……」

服が鼻水やら汚れやらで酷《ひど》い事になってるけど……。

「むぅ……」

それと奈津さんが後ろで物凄く不機嫌な視線をこちらに向けてきていらっしゃる。

「うぅ……私、ようやく森人《エルフ》に進化したのに……全然強くなったって実感できないです」

「おぉ、進化したんだ。おめでとう」

そういや今までのループじゃ、二条は森人《エルフ》に進化してたっけ。主に治療系のスキルを伸ばしていたはずだ。

「そうですよ、私頑張ったんです。もっと褒《ほ》めて下さいよぉ」

「ほめ過ぎは調子に乗るから駄目よ。この子、割とすぐに調子に乗るから」

「あぁ～」

俺に引っ付こうとした二条を清水チーフが引き剝《は》がす。

「……ありがとうございます」

「クドウ君もお疲れ様。なんか凄い強い人との交渉に行ってたって聞いてたけど上手くいったの？」

「はい、そちらは問題なく」

「そ、良かったわ」

「清水チーフ、はな、離して下さい。先輩が！　カズト先輩がそこにいるんです！」

「アナタはもう少し慎みを持ちなさい。私たちは休憩にするわよ。さあ、来なさい」

「あぁ～～……」

清水チーフに引きずられる形で二条は訓練場から去ってゆく。

清水チーフも上人《ハイ・ヒューマン》に進化した影響か力が強くなっているようだ。

今までのループだと彼女たちが進化したのはもっと後だった。

やっぱり手加減なしの超効率的な訓練だと、進化するペースも段違いに速いな。……その分、心と体が軽く死にかけるけど。……何回も。

「や、お疲れ」

「河滝さん。お疲れ様です」

二人と入れ替わるように話しかけてきたのは河滝旭《あきら》さんだった。

煙草《たばこ》をふかしながら、こちらに手を振ってくる。

彼女は二条や清水チーフに比べて、まだまだ余裕がありそうだ。

「いやぁ、半信半疑だったけど、本当に凄い勢いでレベルが上がっていくね。もう少しで次の進化先に手が届きそうだよ。確かLV30だったよね？」

「はい、その通りです」

河滝旭さん。固有スキル『強奪』の所有者で、現在の種族は『新人《アラビト》』。かつて俺も選んだ種族だ。

前回までのループじゃ『新人《アラビト》』止まりだったけど、今回はその上位種族、下手をしたらその上まで手が届くかもしれない。それだけの潜在能力《ポテンシャル》を彼女からは感じる。

「訓練受けさせてくれて助かるよ。私らのいた北海道もモンスターの被害は酷かったからね」

「下条さんと、蠣崎《かきざき》さんは札幌の方に？」

「ああ。先に上がって向こうへ行ってる。モモやクロのおかげで行動範囲も飛躍的に伸びたからね。下条の力《スキル》だけじゃどうしても限界があったからさ」

下条さんと蠣崎さんは河滝さんの仲間で、それぞれ『転移』と『停止』の固有スキルの保有者だ。

下条さんが『転移』、蠣崎さんが『停止』だ。

『転移』は文字通り、好きな場所に移動できるスキル。俺のアイテムボックスみたいな物を移動させることで攻撃に応用する事もできるらしい。

『停止』は状態を固定するスキル。人や物を動けなくするだけでなく、傷やＨＰも固定させることでダメージを受けないようにすることもできるそうだ。

「君たちのおかげで札幌の拠点も周辺もどんどん安全になってきてる。感謝してもしきれないよ」

「困ったときはお互い様ですよ」

それに今回は以前よりも早い段階で河滝さんらを仲間にできたおかげで、ちょっとした『変化』も生まれた。それは俺たちにとってもかなりメリットがあったからな。

それともう一人、北陸方面——富山県で仲間にしたのが『断絶』の固有スキルを持つ氷見《ひみ》さんだ。

『断絶』は物体やスキルの効果を遮《さえぎ》る壁を生み出すスキルで、物理、特殊攻撃共に絶大な防御性能を誇る。過去の破獣との戦闘でも彼女のスキルは非常に有用だった。

……ちなみに保有者の氷見さんは奈津さん並みの人見知りである。奈津さんで培《つちか》った対コミュ障用コミュニケーションが無ければ仲間にするのは困難だっただろう。頑張った、俺。

人見知り同士話が合うのか、よく奈津さんと二人で話をしているのを見かける。

「そういえば、氷見さんは今日は訓練に参加していないんですかね……？」

俺はキョロキョロと周囲を見回すが、彼女の姿はない。

すると河滝さんは不思議そうな顔をする。

「？　何言ってんだい？　氷見ちゃんならずっと君の後ろにいるよ？」

「……え?」

ゆっくり後ろを向くと、俺の視界から絶妙に外れるような角度で氷見さんが立っていた。

「ヒェ……」

嘘だろ……? 俺の索敵をすり抜けた……だと?

「ふっ……ふひっ。お、ぉ、お、お久しぶりです、クドウひゃん……」

……噛《か》んだ。

恥ずかしかったのか一瞬で彼女は俺の視界から消える。

「ほらね、いただろ?」

「いましたけど、心臓に悪いですよ」

「今も後ろにいるよ」

「だから怖いですって! 氷見さんももっと普通にお願いしますって」

「……む、無理でふ……ひひっ」

見た目だけなら六花ちゃんみたいな陽キャギャルなのにギャップが酷い。

「というか、俺が苦手なら無理して話しかけなくても大丈夫ですよ?」

「……そ、それは嫌でふ……。クドウひゃ……クドウ氏は我が同志です故《ゆえ》」

……何言ってんのか、よく分かんない。

ちなみに後で分かったのだが、彼女の『断絶』は索敵系のスキルも遮る事ができるらしい。

流石《さすが》固有スキル。普通のスキルよりも性能がいいぜ。

「むぅ……」

そんな風に河滝さんや氷見さんと話していると後ろから奈津さんの不機嫌な気配が伝わってくる。

「ナッつん、放っておいていいの？　おにーさんの周り、前よりも女の人増えてるよ？」

六花ちゃん聞こえてますよ。

「ああ、そういえば、クドウ君。一つ聞きたいことがあったんだが――」

河滝さんがふと何かを思い出したように、俺に話しかけようとした。

――次の瞬間、世界が静止した。

「以前よりもずいぶんと成長しているようね、安心したわ」

声が聞こえた。

それはずっと聞きたかった声。

灰色になった世界でユキが姿を現した。

●

「久しぶりね、カズト」

「ユキ!?　大丈夫なのか？」

「ええ、もう完全に回復したわ。とはいえ、ここ最近システムのエラーが多くて中々こちらに顔を出せなかったけど」

「え……？」

ユキの言葉に俺は首を傾げる。

もう完全に回復した……？

どういう事だ？　前回のループではユキの力は決戦付近まで回復することはなかった。

なのに今回のループではもう回復しているだと……？

また違う変化が生まれている。これも巻き戻しを繰り返した影響なのか？

「どうしたの？　そんな不思議そうな顔をして？」

「いや、ちょっと色々聞きたいことがあってな……」

俺はユキにこれまであった事を話す。

「――……なるほど、つまり今、この世界はリベルって異世界人の所有するスキル『巻き戻し』でループしていて、その中で様々な差異が生じていると？」

「ああ、その通りだ」

ユキは口に手を当てて考え込む。

「……色々気になる事はあるけど、私としてはやっぱりどうして前回と前々回、そして今回で私が力を回復するタイミングが異なっているのが気になるわね」

「違和感とかは無かったのか？」

そもそもキャンプ場でユキは相当な消耗をした。それこそ崩壊する寸前まで。

だから力の回復にも時間がかかったのだ。

それが一回目、二回目、三回目とタイミングが段々と早くなるってのはどういう事だ？

「まったくないわね。むしろ私はアナタの反応の方が不思議に思えるのだけど？」

「俺の？」

「そうよ。だってキャンプ場ではアナタとアロガンツが負担の大部分を引き受けてくれたおかげで、私は力の大部分を温存することができたじゃないの。なのにまるでアナタは私が死にかけたような口調で説明するんだもの。不思議にも思うでしょ？」

「…………………は？」

今、なんて言った？　キャンプ場で力がかなり残っていた、だと？

「ちょ、ちょっと待てよ。それはどういう事だ？　お前はキャンプ場で俺たちを助けるために消滅寸前まで力を使ったはずだろ？」

俺はユキの肩をガッと摑んで詰め寄る。

俺の剣幕に押されてか、ユキはちょっと驚いたような表情で説明した。

「ち、違うわよ。確かにアナタたちを助けたいと思って力を使ったけど、その後アナタとアロガンツが私の負担を肩代わりしてくれたんじゃない。その後、アロガンツは私に力を返してくれたせいで消滅しちゃったけど」

「……」

「だから力の回復だってもう済んでるし、むしろエラーの処理に時間がかかったから――」

ユキの言葉に、俺は更に混乱する。

(どういう事だ……？　俺の知ってる記憶と違う……？)

俺が知ってる記憶では、アロガンツは俺との戦いに敗れて肉体は消滅した。

その後魔剣に意識と力が宿り、俺と協力してキャンプ場に発生したバグを消滅させた。

ユキの力だって返してもらったのではなく、戦って奪い返した結果だ。

ユキの話と辻褄《つじつま》が合わない。

「まさか……」

その可能性はないと思っていた。

だがここに来てその可能性が浮上する。あり得ないと思っていた最悪の可能性が。


——巻き戻しのスタート地点より前にも、巻き戻しの影響が及んでいる可能性。


だがあり得ない話じゃない。

そもそもリベルさんと最初に出会った時点に戻ったのだから、俺はてっきり『巻き戻し』はそこまでで、それ以前には何も影響が出ていないのだと、そう思い込んでいた。

でも——そうじゃなかったとしたら？

前回のループでもどこかしらに差異はあった。

それがリベルさんと出会う以前にも影響があって、その改変の結果、そうなっていたのだとしたら？

「どうしたのよ？　さっきから黙り込んで？」

「……ユキ、もう一度確認させてくれないか？　お前の覚えてる全てを」

「ええ、別に構わないわよ。とはいえ、私にはリベルって人の記憶は――」

「違う、そこじゃない」

「え？」

「文字通り『全部』だ。世界がこうなってから、俺が『早熟』を手に入れてから、お前がクエストを与えた時も、これまでの全部を教えてくれ」

「……何か気になる事ができたのね？」

「ああ」

俺の言葉でユキも何かを察したのだろう。

幸いにして、今この世界の時間は止まっている。

俺はユキに世界がこうなってから何があったかを全て話してもらった。


「――……これで全部よ。何か気になる点はあった？」

「……ありまくりだよ……」

ユキに確認してもらって良かった。

俺たちが辿《たど》ってきたルートは、大筋は同じだったが様々な差異が生じていた。

ハイ・オークとの決戦では奈津さんが最初から戦闘に参加していた。

学校でのシャドウ・ウルフとの一件では、サヤちゃんと六花ちゃんが再会したのはクロを元に戻した後だった。

ティタンとの戦いでは、奴は分身を見破られた後、分身を自爆させる戦法を繰り出してきた。

そして最も大きな違いがあのキャンプ場での一件だ。

キャンプ場に発生したバグは心変わりしたアロガンツがその身を犠牲にして消滅させていた。

どうしてこんなにも色々な違いがあったのに気付かなかったんだ？

何より恐ろしいのが、ユキに説明されると『そうだったかもしれない』と俺自身が認識し始めている事だ。

まるでトレントの認識阻害でも受けているような気分だ。

(今回でこれだけ違いがあったって事は、前回でも様々な違いがあった可能性が高い)

できれば確認したいが、調べる方法がない。

でもある意味良かった。今、これに気付けたのは本当に幸運だ。この違いを『認識』できたってのは絶対に何か役に立つ。

「ユキ、悪いんだけど今の説明、元の世界に戻ったらもう一度、皆に話してもらえないか？」

「……面倒ね」

「好きなお菓子なんでもあげるから」

「……仕方ないわね。面倒だけど引き受けてあげる」

チョロッ！　あっさり引き受けたよ。

「……お前、本当に変わったな」

「あら、アナタのせいよ？　システム側の存在である私に、この世界で生きる意味や楽しさを教えたんだから。その責任はとってもらわないと」

「分かったよ。……確認しとくけど、俺このループで何かお前に変なことしてないよな？」

「……さあ？　どうだったかしら？　覚えてないわね」

ユキはクスリと笑うとそっぽを向く。

「おい、意味深な発言は止めてくれよ。本当に大丈夫なんだよな？」

何か色々不安になってきた。

後で奈津さんや皆にもそれとなく確認しておこう。

「それじゃあ、元の世界に戻りましょうか」

ユキが指を鳴らすと、灰色だった世界がガラスのように砕け散る。

●

「――――……そういえば、クドウ君。一つ聞きたいことがあったんだが……誰だい、君は？」

河滝さんは剣呑《けんのん》な表情でユキを見つめる。懐《ふところ》からナイフを取りだすと、一瞬で臨戦態勢に入った。

「クドウ君、氷見ちゃん離れてっ！」

「え……？」

「ふひっ……？」

なんで河滝さんこんな敵意剝《む》き出しなんだ？

あ、そうか。河滝さんにしてみれば、ユキは突然現れたようにしか見えないか。

そりゃ警戒もするよな。

俺はユキを庇《かば》うように前に出る。

「河滝さん、待って下さい。彼女は敵じゃありません」

「……？」

俺は河滝さんにユキの事を説明する。

「ふぅん……なるほどね。分かったよ。ちょっと驚いたけど、そういう事なら信じるよ」

「ありがとうございます」

幸いな事に河滝さんはすんなりと俺の言う事を信じてくれた。話の通じる人で良かった。

「……ちょっと仲間にも伝えてくる。席を外すよ」

「はい」

河滝さんが席を外す。

入れ違いになる形でリベルさんがやって来た。

「あ、リベルさん、この子は――」

リベルさんの方を見ると、彼女はユキを見たまま固まっていた。

「…………………は？」

「どうしたんですか？」

ここまで動揺したリベルさんは初めて見るな。

あ、そういえば前回までのループも含めて、リベルさんとユキが直接会うのはこれが初めてだっけ？　存在は伝えていても、話をする機会は結局なかったし。

「え、いやいや、うん、あり得ないわよね。うん、あり得ない……。カズト、コイツ誰よ？」

「そういうアナタこそ、まずは名を名乗るべきなのではなくて？　カズトから話は聞いているけど、きちんと名乗るのがこの世界の礼儀よ？」

「それを言うならアンタこそ、先に名乗りなさいよ」

バチバチとユキとリベルさんの間で視線が交錯する。……なんで剣呑な感じになってんの？

「二人とも抑えて下さい」

俺は二人の間に割って入って、それぞれに互いを紹介する。

「……融合した世界の人間。情報では知っていたけど、生存個体を見るのは初めてね」

「正確には私も人間じゃなくモンスターだけどね。それよりも驚いたわ。まさかシステムが人の姿を模した補助機能を実装してたなんて。おまけに見た目が……。いや、まあそれはどうでもいいか……」

「……？」

ユキの見た目がどうしたのだろうか？

「何か気になる事でも？」

「いえ、個人的な事だから本当に気にしなくていいわ。それよりもカズトの反応からして、私とこの子が会うのは『今回』が初めてなの？」

「……今回？」

リベルさんの言葉に、ユキは首を傾げる。

「ああ、そうだ。実は他にも説明しなきゃいけないんだけど――」

俺はリベルさんに先ほど、ユキと話していた事を説明する。

「――……なるほど、『巻き戻し』が私やカズトが戻る前にも影響を与えている。考えつかなかったわ。……ユキって言ったわね。確認するけど、システムに異常はないの？」

「異常、と言えるほどの問題は起きてないわ。でも、とにかくエラーが多いのよ。おかげで処理するのにずいぶん、時間がかかったわ。……とりあえずカズト、アレを貰える？」

「アレ……？」

「お菓子よ。そうね、うす塩かコンソメがいいわ」

「……これでいいのか？」

俺はアイテムボックスからうす塩味のポテチを取りだす。ビッグサイズのヤツだ。

ユキはそれを受け取ると、にんまりと笑みを浮かべた。

「ありがと。……うん、やっぱり美味しいわ。ああ、まったく味覚とは厄介《やっかい》なものね。こんな単純な味付けを美味しいと思ってしまうなんて。なんて非効率なのかしら♪」

滅茶苦茶美味しそうに食ってんじゃねぇか。

「……システムアシストが食事を必要とするの？」

「嗜好品《しこうひん》みたいなものよ。この世界の情報を得る事もシステムの重要な役割だし」

絶対嘘だ。コイツ、ただスナック菓子を食いたいだけだ。

「まあ、いいわ。ともかく私は敵じゃないし、カズトの仲間なら争う理由もない。仲良くしてもらえるかしら？」

「……状況は理解しているわ。いいでしょう、向こうの世界の住民よ。アナタを受け入れてあげる」

「偉そうね」

「偉そうじゃなくて、偉いのよ」

バチッと再び二人の視線が交錯する。

「……私とお師匠様が創ったシステムのくせに生意気ね。生みの親に対して礼儀がなってないんじゃない？」

「あらあら？　生みの親が子に対して言う台詞《せりふ》とも思えないわね。親なら子が無事に育っている事に喜びこそすれ、そんな悪態をつくなんて親らしくないわね。碌《ろく》に子離れもできないの？」

「あぁ……？」

ピキッとリベルさんのこめかみに青筋が浮かぶ。

あ、駄目だ。これ以上はマズイ。流石に止めなきゃいかん。

「まあまあ、二人とも。そんな険悪にならないでもっと――」

俺が二人の間に割って入ろうとした瞬間――激しい光が発生し、空間が歪《ゆが》んだ。

「なっ、なんだ……!?」

「ちょっ、なによこれ!?　アンタ、やっぱり――」

「ち、違うわ!?　これは私の仕業じゃない！　一体何が――」

光は瞬く間に強くなり、空間はまるで渦を巻くように歪んでゆく。

そこで俺たちの意識は一旦《いったん》、途絶えた。

●

――気が付くと俺たちは先ほどまでとは別の場所にいた。

「……ここは……カオス・フロンティア中央サーバー……なのか？」

語尾が疑問形になってしまうのは仕方なかった。

以前訪れたカオス・フロンティア中央サーバーは無数の歯車や光の線が行き交う奇妙な空間だった。

だが今、目の前に広がっている光景はまったく違う。

昏《くら》い闇《やみ》が広がっていた。足元はコールタールのような黒い泥に満ち、宙に浮いていた無数の歯車はその黒い泥に沈んで動きを止めている。以前は浮いているのか、立っているのかも分からない奇妙な感覚だったのに、今は明確に立っていると感じる。いや、立っているというのも違うか。泥の上に浮かんでいるという表現の方が正しいのかもしれない。

ねっとりと足に絡《から》みついているのに、体は沈まないままなのだから。

だが奇妙なのは、見えている景色はまったく別物なのに、俺はここをカオス・フロンティア中央サーバーだと『認識』していることだ。

「おい、ユキ。これってどういう――」

「ど、どういうこと……？　何故、中央サーバーがこんな状態に？」

ユキにどういう事か訊《たず》ねようとしたが、なんとユキもこの光景に驚愕《きょうがく》しているではないか。

「いや、ちょっと待てよ。なんでユキが知らないんだよ？」

「私がアナタたちの元に向かう前はこんな光景じゃなかったわよ。そもそもあり得ない。こんな事になっているならまず私にエラーの知らせが届くはずなのに、システムはこれを『正常』な状態だと認識している……？　どういう事なの？」

一方、リベルさんは表情を変えず周囲を見回している。

「システムアシストであるこの子すら知らない現象、ね……。非常に興味深いわ。ねえ、カズト、これは今までのループであった事？」

「……いや、無い。俺はこの光景を知らない」

「まあ、私が『忘れている』だけで、過去のループでもこうなっていた可能性も否定しきれないけど」

《――ザ、ザザザザザ――ザ、ザ――――》

すると頭の中にノイズ音が響いた。

「なんだこの音……？」

《――ザザ、ザザザザザザザザ――――ザザザザザ、ザザッザザザザザザザ――――》

ノイズは更に大きくなり、めまいを覚えるほどに頭の中に響き続ける。俺だけでなくリベルさんや、ユキまでも頭を押さえ苦しんでいた。

そしてそれが止むと、ゴポゴポと足元の黒い泥が泡立ち始める。

《――ザザ、ザザ接続ザザザ成功ザザザ――対象ヲ――確認シマシタ――ザザザザザザ》

《これよりカオス・フロンティアが出現します》

《繰り返します》

《これよりカオス・フロンティアが出現します》

……なんだって？

待て、待て、待て。今、なんつった？

カオス・フロンティアが出現する、だと……？

「ユキ、リベルさん、ここから――」

ドクンッと、俺たちが状況を把握するよりも先に、黒い泥が大きく波打った。

「うおっ⁉」

「これは――スキルが⁉」

黒い波にのまれる俺とリベルさんをユキが拾い上げる。

ふわりと浮かび上がると、眼下の黒い泥が大きく波紋を広げていた。

無数の歯車が浮かび上がると同時に――『ソレ』は現れた。

「ヨウコソ、私ハ――カオス・フロンティア、デス……」

そこにいたのは真っ黒な少女だった。

ゴシックドレスに身を包んだ、髪も、目も、全てが真っ黒に染まった少女。

「……え？」

どういう事だ？　カオス・フロンティアだと？

「コイツがカオス・フロンティア……？　聞いてた話とずいぶん違うんだけど？」

リベルさんの疑問は俺の疑問でもある。

俺が知っているカオス・フロンティアの姿とは似ても似つかない。

コイツは本当にあのカオス・フロンティアなのか？

俺は試しに目の前の存在に対して鑑定代わりの『神眼』を使ってみる。

『カオス・フロンティア』（幼体）

世界の理 LV？？？
HP：999999999／∞
MP：00009088779／∞
力：0989008908
耐久：876あs0879あj－0
敏捷：00289gka900978
器用：0945lflajo03ja0xhf08
魔力：a0998dhajkoa086xhao
対魔力：oaiud0850202-87788909
SP0 JP0

スキル

全スキル使用不可

「カオス・フロンティア……幼体？」

どういう意味だ？　……表示結果は確かにカオス・フロンティアとなっているが、ステータスやスキル欄が色々と違っている。

名前の後ろに（幼体）って付いてるし、レベルやステータスの数値もバグりまくってる。おまけにスキルの使用が『不可』になってる。以前は全スキル使用可能だったのに。

「驚カレルノモ無理ハアリマセン。私ハ未ダ未覚醒《かくせい》デスカラ」

黒い少女はしゃがむと、足元の泥に手を突っ込んでもぞもぞと動かすと、何かを引っ張り上げる。

「アナタタチノ知ル姿ハコチラデスヨネ」

ズゾゾゾゾゾゾゾとひっぱりあげられた巨大な物体。

泥の中から引き上げられたそれは、芋虫やムカデ、ゴミ、廃材、様々な生物の骨、内臓、膿《うみ》、ガラクタなどを無理やり寄せ集めて作った巨大な球体のようなものに、無数の鎖や時計、楽譜、文字版などが連なった無数の触手が生えたクラゲのような醜悪な超巨大な物体——俺たちが知るカオス・フロンティアの姿であった。

「ヨイショット。ヤハリ本体ハ重イデスネ……」

ポイッと黒い少女が手を離すと、カオス・フロンティアはそのままゆっくりと黒い泥へと倒れ込む。カオス・フロンティアはとんでもない巨体だ。ちょっと動くだけでもその衝撃波は凄《すさ》まじい。

「うおっ、泥が——……って、あれ？」

衝撃で黒い泥の波紋が津波のように広がり俺たちを呑《の》み込むが、次の瞬間には俺たちはまた泥の上に立っていた。

「……」

目の前には半分だけ泥に沈んだカオス・フロンティアが身じろぎもせず佇《たたず》んでいる。まるでシーンをスキップでもしたかのような不自然な感覚。アレだ。ジョジョのキング・◯リムゾン的なやつだ。

「……君がやったのか？」

「ハイ」

黒い少女はあっさりと肯定する。

「これは……なるほど、話に聞くよりもずっと恐ろしいわね。私のいた世界にもここまでの化け物はいなかったわよ……」

リベルさんですらカオス・フロンティアの全貌《ぜんぼう》に顔が引きつっていた。

「何故こんなものが……私が分からないなんて……」

一方でユキは激しく混乱している。システム側である自分が分からないのだ。当然と言えば当然だろう。

「分カラナイノモ……――ザザ、ザ――接続――言語変換――ザザ成功――……分からないのも当然かと思います。私は本来、システムという括《くく》りで表せる存在ではありませんから」

カオス・フロンティアと名乗った黒い少女はそれまでとは違う流暢《りゅうちょう》な語り口で説明する。

「ですが少々不測の事態が起きましたので、こうしてお三方にお集まりいただいた次第です。システムの創始者リベル・レーベンヘルツ、システムの疑似人格アシスト『ユキ』、そしてこの世界における『特異点』クドウカズト」

黒い少女はぺこりと頭を下げ、

「ようこそ、私の世界へ」

彼女――カオス・フロンティアは優雅にそう告げた。

第二章　世界の理《ことわり》と世界の裏側

パチンと、黒い少女が指を鳴らすと、黒い泥の中からテーブルとイスが現れた。

「どうぞ、お座りください。クドウカズトの記憶をもとに再現しました」

「……」

俺《おれ》たちは無言で席に着く。

今のところ敵意は感じない。しかし、本当にこの子がカオス・フロンティアなのか……？

「なんでそんな姿してんのよ？　ずいぶん可愛《かわい》らしいじゃないの」

「まだ未覚醒《かくせい》ですので」

黒い少女が再び指を鳴らすと、ティーポットとカップ、それにバスケットに入った菓子が出現する。

彼女は全員のカップにお茶を注《そそ》ぐ。その仕草《しぐさ》が妙に様になっていた。

「どうぞお飲みください。最大限に美味《おい》しさを感じられるように調整してあります」

「……」

いや、どうぞって言われても。

「別に毒など入っていません」

「そ。じゃあ、頂くわ」

躊躇《ちゅうちょ》する俺を横目に、リベルさんはぐいっとカップに入ったお茶を呷《あお》った。

「……確かに毒は入ってないわね。あと、美味しいわ」

ちらりとリベルさんがこちらを見てくる。お前らもさっさと飲めと言っているのだろう。

確かに飲まないと、この黒い少女は話を進めなさそうだしな。俺も一口、口に含む。

……悔しいけど、本当に美味しかった。

西野《にしの》君が入れてくれたコーヒーよりも美味《うま》いかもしれない。

ユキもバスケットに入ったクッキーもボリボリと食べている。

「……この景色が気に入らないようでしたら、別の景色に切り替えますか？　精神安定的な風景でも、性的な興奮作用をもたらす風景でも、どんな要望にもお応《こた》えします」

「せ、性的な興奮作用って……？」

「望む女性を、望む姿のままに具現化します。現実と変わらぬクオリティを保証します」

「ッ……」

俺は一瞬、奈津《なつ》さんのあられもない姿を想像し、すぐに頭を振った。

こんな時に何を考えているんだ、俺は。

「もしくはこの姿が気に入らないようでしたら変更しましょうか？　どのような要望にもお応えします」

「ど、どんな姿でも……？」

俺はごくりと唾《つば》を飲む。

……いや、ちょっと待て？

おかしいぞ？　なんで俺、こんなに興奮してるんだ？

いつもならこんな事考えないのに、どうしてこんなにも雑念が頭に浮かぶ？

これはまるで――、

「……カズト、アナタひょっとして耐性スキルが効かなくなってるんじゃない？」

「え？」

耐性スキルが効かなくなっている？

……そういえば、最初にあのスケルトン――アロガンツに中央サーバーに召喚された時も、俺はアイテムボックスから武器を取りだそうとして失敗した。アイツは言ってたじゃないか。中央サーバーではスキルによる攻撃は一切《いっさい》通じない、と。あの時は深く考えなかったが、まさか耐性スキルにも影響が出るなんて。

「……つまりこれは必要以上に動揺してるんじゃなく、単に俺が元の精神状態に戻ったって事か？」

「そういう事でしょうね。あらゆる耐性スキルを取得したアンタの精神は以前とはもう別物といっていいレベルだったし。何かに動揺したり、興奮したりするのだって久々なんじゃない？」

……確かに考えてみれば、ここ最近は頭の中で混乱したり、動揺する事はあっても、すぐに収まって冷静になってた。

性欲に関してもかなり落ち着いてた。いや、奈津さんや他《ほか》の皆の事をそういう目で見ないようにって思ってた部分もあるけど。だって男女の諍《いさか》いからパーティーもとい部署の雰囲気が悪くなるなんて社畜時代によく知ってたから。

「……これっていい事なのか？」

「さあ。でも性欲が薄くなるってのは、生物としてはちょっと問題かもしれないわね。子孫を残せないし。私はアンデッドだから関係ないけど」

「子孫って……」

そんな事考えた事もなかった。

「そんなの今考える事じゃないわ。馬鹿《ばか》じゃないの？　冗談を言ってる場合じゃないでしょう？」

そんな俺とリベルさんをユキは呆《あき》れ顔で見つめる。

「……お前だって茶菓子食べてるじゃん」

「私は別にいいのよ」

何がいいんだよ、何が？

「スキルの効果喪失はあくまでも一時的なモノです。現実に戻ればまた効果が発動されます」

そして黒い少女――カオス・フロンティアは淡々と説明を行う。

「それに一度、取得したスキルを無かった事にする事はできません。……ある例外を除いて」

「例外？」

「世界が巻き戻された場合です。その場合、それまでに取得されたスキルも取り消されます。それはアナタ方もよく御存じでしょう？」

「ッ……⁉」

今、コイツなんて言った？

世界が巻き戻された場合？　それってつまり――、

「巻き戻しに気付いて……？」

「私は世界の一部。最初から全てを把握しています。アナタたちがこれまで何を成してきたのかも、何度この世界を巻き戻しているのかも」

「そんな……いや、ちょっと待て。それはおかしいだろ」

「ええ、矛盾してるわ。巻き戻しに気付いているのなら、アナタが動かなかった理由は何？　何故《なぜ》、今回は接触してきたの？」

俺の疑問を引き継ぐように、リベルさんが質問をする。

「その事を説明するために、皆様をここにお呼びしました」

対して、カオス・フロンティアはあくまでも淡々としている。

……マズイな。集中できない。雑念や疑問がどんどん頭の中に湧《わ》いてくる。普段、耐性スキルがどれだけ仕事をしているのかよく理解した。

「まず最初に告げておきますが、『巻き戻し』ができるのはこれで最後になります。これ以降のループはできませんのでご注意ください」

………今、なんつった？

俺だけじゃなく、リベルさんも口をあけたまま呆然《ぼうぜん》としている。

「聞こえませんでしたか？　『巻き戻し』はこれで最後になります。これが最後のループです」

あくまで淡々と、カオス・フロンティアは重大な、特大の爆弾を投下する。

それは俺たちにとってあまりにも残酷すぎる情報だった。

●

――心のどこかで思っていた。

もしかしたらまだ『次』があるんじゃないかと。

今回が駄目でも、それを糧《かて》に次に挑める。どこかそんな甘えがあったんじゃないかと思う。

勿論《もちろん》、俺は全力を尽くすつもりだった。俺だけが記憶を継承している状況でも、全てを賭《か》けて今度こそ、このループを抜け出すと本気で考えていた。

またやり直せるなんて普通なら思わない。でも普通じゃないこの状況が、俺の心のどこかにそんな甘えをまったく作っていなかったといえば嘘《うそ》になる。

その甘えが、今否定された。

他ならぬカオス・フロンティアによって。

「……根拠は？」

訊《たず》ねたのはユキだった。

俺やリベルさんと違い、システム側の存在であるユキはどこまでも冷静に状況を把握していた。

「エネルギーがありません。リベル・レーベンヘルツが巻き戻しに使用していたエネルギー源はもう枯渇《こかつ》しようとしています」

「エネルギー源……？」

「はい。■■■■■g[95;;■■/;■から……おや？」

一瞬、カオス・フロンティアの言葉が聞き取れなかった。

「本体が私にプロテクトを掛けているようです。申し訳ありませんが、エネルギー源に関してはお教えできません」

「……本体？　お前はカオス・フロンティアじゃないのか？」

そういえば、さっきコイツは黒い泥に沈んでいる体を引っ張り上げる時に、本体と言った。

まるで自分は本体じゃないとでもいうように。

「私は正確には本体が覚醒するまでのサポートプログラムのようなものです。存在としてはアナタに近いですね」

カオス・フロンティアはユキの方を見る。

「……なるほど、そういうこと」

ユキはどこか納得したように頷《うなず》いた。

「もしアナタが本体でないのなら、今この場で殺したとしても意味はないのね？」

「はい。また別のサポートプログラムが創られるだけです」

「未覚醒ならここで殺せば楽だったんだけど、やっぱりそういう訳にもいかないか……」

……実際、それは俺も考えていた。

コイツがあのカオス・フロンティアなら今ここで殺せばそれで全てが終わるんじゃないかと。

「それにしてもエネルギー源ね……。気になるわね」

「少なくともエネルギーが枯渇したとて、この世界を脅《おびや》かす心配はありませんのでご安心ください」

「……さっきから気になってたんだけど、アナタは世界を滅ぼす存在なのでしょう？　なんで世界の心配なんてしてるのよ？」

「私の役割を奪われては困りますから」

「世界を滅ぼすのは自分だって言いたいのか？」

ユキとカオス・フロンティアの間に俺も割って入る。

「はい。そうでなければ新たな世界は生まれません。私はいわば、世界が成長するためのアポトーシスのようなものなのです」

「……アポトーシス？」

「あらかじめシステムに組み込まれた自殺因子の事よ。生物をより強く健全な状態に保つために組み込まれた死の事ね」

組み込まれた死。

「じゃあなにか？　俺たちの世界は一旦《いったん》滅んだあと、また新しい世界が創られるっていうのか？」

「その通りです」

カオス・フロンティアは指をかざし、何かを操作するような動きを見せる。

すると再び泥の中から何かがせり上がってきた。

巨大な額縁だった。

「私が滅ぼした後をお見せします」

「後なんてあるのか……？」

「イメージ映像のようなモノです」

彼女がパチンッと指を鳴らすと、額縁に映像が映し出される。

顕現したカオス・フロンティアによって世界が蹂躙《じゆうりん》される映像だ。

……何度見ても胸糞《むなくそ》が悪くなる。空間は砕け、大地は崩壊し、全てが壊れたとしか言いようがない世界。

その後に俺たちの知らない光景が始まった。

『アァァ……ァァァァアアアア……』

全てを破壊したカオス・フロンティアはボロボロとその体を崩してゆく。

「これは……」

「世界を滅ぼす役目を終えた本体は、その後自壊するようプログラムされています」

あれだけ絶対的な存在だったものがいとも簡単に崩れてゆく。

カオス・フロンティアの破片は塵《ちり》に帰すかと思いきや、その形を少しずつ変えていった。

崩れたパーツは空になり、大地になり、水になり、やがて新たな世界を形成してゆく。

「莫大《ばくだい》なエネルギーを持つカオス・フロンティア。それは新たな世界の形成にも利用されます」

彼女の言葉通り、額縁の中に広がる世界は新しく生まれ変わっていた。

理科の教科書に載っているような土と水だけのシンプルな世界はやがてめまぐるしく移り変わり、生命が生まれ、植物が生え、そして新たな文明が生まれ、新しい世界となって創世した。

まるで神話の中の一ページを見ているような光景だった。

「……これが世界の滅びた後の光景だと……？」

「はい」

「ふざけるなっ！　世界は新しく創られた。だからハッピーエンドだとでも言いたいのか？」

俺は我慢できなかった。叫ばずにはいられなかった。

だがカオス・フロンティアは表情を変えない。

「でも世界がより強固に、より長く維持するためには必要な事です。諦《あきら》めて下さい。そもそも今のこの世界は――」

「そんなくだらない事を言うために、アナタは私たちをここに呼んだわけじゃないのでしょう？」

俺が拳《こぶし》を握りしめていると、リベルさんがようやく口を開いた。

「諦めろ、なんて別に言わなくてもいいじゃない。アナタには圧倒的な力がある。問答無用で世界を滅ぼせる絶対的な力が。そんな絶対的な存在が、わざわざ諦めさせるために私たちをここに呼んだ？　そんな訳ないわよね？」

「……」

「話しなさいよ。本当は何のために私たちをここに呼んだの？」

「分かりました」

カオス・フロンティアが頷く。

どうやらここからが本題のようだ。

「……私の本体――カオス・フロンティアはアナタ方を世界にとって有益な存在と考えています。特に固有スキルの保有者たちは世界へ与える影響が非常に大きい。特に『早熟』や『共鳴』、『検索』などの五大スキルの保有者たちは」

カオス・フロンティアは俺の方を見る。

「なのでアナタ方を再生した後の世界へご招待したいのです。それがカオス・フロンティアからの提案になります」

……なんだと？

●

「意味が分からないな。再生した後の世界に俺たちを招く？」

「言葉の通りです。意味が分からないはずはないと思いますが？」

分かっている。分かっているが、混乱するだろ、こんな提案。

「……なるほど、その手があったわね」

一方でユキはどこか納得したように口に手を当てて考え込んでいた。

「世界を渡る。言葉にすれば簡単だけど、それがどれだけ困難な事かは分かっているでしょう？」

「勿論です。ですが、それが『可能』である事も理解しているでしょう？　他ならぬアナタであれば」

「ッ……」

リベルさんの問いに、カオス・フロンティアは問い返す。

そういえば、リベルさんは向こうの世界から例外的にやってきた唯一の異世界人だ。

世界の融合が限定的に行われ、失敗した結果、彼女たちの世界の残り部分が異世界の残滓《ざんし》となり、この世界にこびりつくバグとなった。結果、この世界の寿命も大きく縮む事となった。

「確かに新しい世界へ行くことができるならそれに越したことはない。でもそれは俺たちだけなんだろう。ならお断りだ。俺たちだけが生き延びるなんてできない」

「無論、アナタ方だけでなく、知人や友人の同行も許可します。数百、数千程度であれば問題なく招待する事ができますよ」

「……まるでノアの方舟《はこぶね》だな」

あれって確か地上で争いを起こす人間たちに嫌気がさした神様が大洪水を起こして地上を一旦全部洗い流すって話だったよな。ノアってのはその船を造った人物の名前だ。神様から唯一正しい心を持つ人物と認められ、家族や動物たちと共に難を逃れた。

「そうですね。かつてランドルも同じ選択をしました」

「ランドルだと？」

「はい。ランドル・アッシュベルト。彼も私の提案を受け入れ、滅びの運命を回避しました」

「そういう事だったのか……」

俺はてっきりランドルはカオス・フロンティアを『封印』したのかと思っていた。

絶対に倒せないのならば封印するしかない。

実際、俺たちの当初の方針はカオス・フロンティアの封印だった。

異世界の残滓を倒した後、ユキやリベルさんの力を借りてカオス・フロンティアを封印するための固有スキルを生み出す。そのエネルギーを俺たち全員で肩代わりする。そういう作戦だった。

「――残念ですが、アナタが考えている方法では私は封印できませんよ？」

「ッ……」

当たり前のように心を読まないで欲しい。

「私を封印できる固有スキルなど存在しません。もし仮に封印できたとしても、アナタたちではその封印を維持することは１００パーセント不可能です。せいぜい、数分から数時間が限度でしょう」

カオス・フロンティアは俺ににじりよる。

そっと俺の胸に手を当てて微笑《ほほえ》んだ。

「そんな実現不可能な方法を取るよりも、私の提案を受け入れるべきです。アナタ方は選ばれたのです。滅びを免《まぬが》れた生きる価値のある者として。この栄誉を受け入れて下さい」

「ふざけんなっ」

俺はカオス・フロンティアの手を払いのける。

こんな状況が前にもあった。

アロガンツとの戦いだ。

アイツは自分が元の世界に戻るため、そして俺たちの世界を元に戻すためにその協力を俺たちに申し出た。俺たちだけは助けると。自分たち以外なら犠牲になっても構わないだろうと。

その提案を俺は拒絶した。

昔の俺だったらきっと受け入れていただろう。

でも今の俺には受け入れられない。

今回もそれと同じだ。

俺たち『だけ』が助かる。そんな未来のために、俺たちはこうして足掻《あが》いてきたんじゃない。

「正解よ、カズト」

いつの間にか、リベルさんの手には杖《つえ》が握られていた。

「スキルは使えないって話だったけど――ふんっ」

彼女は思いっきり杖を振りかぶると、俺の目の前にいたカオス・フロンティアを薙《な》ぎ払った。

「……は？」

カオス・フロンティアは黒い泥を水切りのようにバウンドしながら吹き飛んでゆく。

「あっはっは。きれーに飛んだわねー。ああ、気分いい♪」

「ちょ、おま……な、なにやってんですか⁉」

「なにってフルスイング？」

「そういう事を言ってるんじゃないです！」

カオス・フロンティアの方を見ると、丁度起き上がるところだった。

その表情は――無機質だった。怒りも恨みもなく、ただ理解出来ないとだけ感じているような。

「……理解できません。今の行為になんの意味があるのですか？」

「答えはノー！　という事よ」

「……」

カオス・フロンティアは俺の方を見る。

「……カオス・フロンティア、確かに君の提案はとても魅力的だ。でもやっぱりその方法じゃ駄目なんだよ」

「……愚か」

「愚かなのはどっちかしらね？」

するとそれまで沈黙していたユキが口を開いた。

一瞬、どこから声がしたのか分からず、周囲を見回すと、ユキは少し離れた位置――丁度、カオス・フロンティアが本体を引き上げた位置にいた。

「カズトとそっちの年増がダラダラと会話をしてるうちに、こっちの調べものは完了したわ」

「おい、誰が年増だ？　ぶっころすぞ？」

「抑えて下さい、リベルさん。ユキ、調べものって？」

「ここに呼ばれてからずっと疑問だったのよね。どうしてわざわざ私たちをここに呼んだのかって」

ぴちゃり、と。彼女は足元の泥に触れる。

「そもそもその提案をするなら、アナタが完全に力を取り戻し、世界に顕現してからの方がいい。それならカズトたちは否応《いやおう》なしに頷くしかない。なのにどうしてそうしなかったの？」

「……」

「その時だと、『気付かれる』かもしれないと思ったからじゃないの？　カズトたちの考えた『封印』やアナタが提案した『ノアの方舟』。それ以外の三つ目の選択肢があるって事に」

ユキの言葉に、初めてカオス・フロンティアの表情が変わった。不快そうに。

「……そんなもの、あると思いますか？」

「あると思ったんでしょう？　べらべらと余計な情報をしゃべり過ぎなのよ。本体は未覚醒、アナタはアシスト機能だって事は、裏を返せばアナタたちは世界を滅ぼすその時までは何もできないと言っているようなものだもの」

ユキの言葉を聞いて、ようやく俺も状況が理解できた。

「カズトだけならその誘いに乗ったかもしれないけど。私も一緒にここに連れてきたのは失敗だったわね」

「おい、私も入れろ、そこに！」

「…………愚か。なんという愚行。理解できません」

ギリッとカオス・フロンティアは口元を歪《ゆが》ませる。

「やはり人間もシステムも全て愚かです。素直に私の提案に従えばよいものを何故抗《あらが》うのか？　理解できません」

「それが人間だからだよ」

「なら滅ぼします。アナタたちには方舟など過ぎた代物《しろもの》だったようですね」

こうしてカオス・フロンティアとの邂逅《かいこう》。

そして決裂は決定的なものになったのだった。

●

俺たちとの会話を切り上げたカオス・フロンティアは俺たちを元の世界へ戻した。

『――せいぜい後悔するといいです』

そんな捨て台詞《ぜりふ》と共に。

現実に戻ってきた俺たちは、すぐに奈津さんたちに何があったのかを説明した。

かなり混乱した様子だった。

「さっきのユキちゃんといい、一瞬で色んな事ありすぎません？」

「すいません」

俺にしてみれば結構な時間が経《た》ってるけど、奈津さんたちにしてみれば一瞬だからな。

「いえ、別に謝らなくてもいいですよ。それよりも、これからどうするんですか？　そのカオス・フロンティア（幼女）が怒って今すぐ私たちを滅ぼすとかしないですよね？」

「カオス・フロンティア（幼女）て……」

いや、まあ確かに子供だったけどさ。

「すぐには何もしてこないわよ。いや、何もできないって言った方が正しいわね」

奈津さんの疑問に、リベルさんが答える。

「カオス・フロンティアは世界を滅ぼす存在。逆を言えば、世界を滅ぼす事以外はできない。そう簡単に動けないのよ。アイツはアイツ自身の存在理由に縛られている」

はっきりとリベルさんはそう言った。

「どうやらカオス・フロンティアは私たちを――いえ、アンタたちをよほど脅威に感じているみたいね」

「どういう事？」

六花《りっか》ちゃんが首をひねる。

「考えてもみなさいな。仮にアイツが本当にアナタたちに興味を持って、新しい世界に連れて行きたいって思ったのなら事前に接触する理由なんて無いわ。この世界に顕現した後に勝手に連れていけばいい。なのにわざわざ呼び出して甘い蜜で誘ってきた。『交渉』は互いにメリットが無ければする意味は無いもの」

「……カオス・フロンティアにとっても明確なメリットがあると？」

西野君の言葉に、リベルさんは頷く。

「そんなのあるの？」

六花ちゃんが再び疑問を口にする。

「あるでしょ？　カオス・フロンティアはアンタたちと戦いたくはないって言ってるようなものよ。つまり、明確な脅威と考え始めているってこと」

「んーっと、じゃあこのまま私たちが強くなれば、勝てるかもってこと？」

「そういう事。よく分かってるじゃない」

「えへへ」

リベルさんに頭を撫《な》でられて、六花ちゃんニコニコである。

「向こうから接触してきたって事は、それだけアンタたちの成長が凄《すさ》まじいって事に他ならないわ。これからもガンガン訓練するわよ」

「……お腹《なか》痛いから明日休みたいです」

「ナッつん、仮病は駄目だよ？　一緒に頑張ろ？」

「リッちゃん……私、死にたくないよぅ……モモちゃんたちと布団《ふとん》でゴロゴロしていたいよぅ……」

「ふひっ……右に同じく、です……」

欲望垂れ流しな奈津さんである。

さりげなく氷見《ひみ》さんも奈津さんの後ろにいるし。

しかしカオス・フロンティアが接触してきた理由は本当にそれだけだろうか？

「……」

「どうしたの、カズト？　何か気になる事でもある？」

「……いえ、何か他にも理由があるんじゃないかなと思いまして」

「そうかもしれないけど、予想の域を出ないわ。今は少しでも強くなることに専念するべきよ」

「……そうですね」

確かにその通りだ。

俺たちが強くなればなるほど、カオス・フロンティアに対抗できる可能性があるって分かったんだ。

リベルさんの言う通り、今は少しでも強くなることを優先しよう。

「と、いう訳で今日はいつもよりも強めにやりましょうか」

リベルさんは気合を入れた。

「リベルさん、私お腹痛くなったんで欠席します」

「私、クロと散歩に行く時間なので休みます」

「死にたくないので嫌です」

「ふひっ……さらばです」

奈津さん、サヤちゃん、五十嵐《いがらし》さん、氷見さんが逃げ出した。

当然逃げられなかった。

宣言通りその日の訓練はいつもより激し目の地獄になるのであった。

●

《――経験値が一定に達しました。クドウ　カズトのLVが18から19へ上がりました》

あれから数日が経過した。

俺は半神人《デミ・ゴッド》LV19まで上がった。

前回までは決戦までにせいぜいLV9くらいまでしか上がらなかったのにあっさりとそれを追い越してしまった。

「職業とスキルのレベル上げはこれでよし、と……」

ちゃっちゃとステ振りを終える。

「……うーん、しかし『影の支配者』の上級職はどうやったらなれるんだろう……？」

『忍神』と同じように、影の支配者にも最上級職がある事は分かっている。

だが、その方法が分からないのだ。あや姉《ねえ》の『検索』なら調べられるかと思ったが、それも駄目だったし……。

「何を悩んでいるんだい？」

「えっ？」

後ろを向くと、そこには河滝《かわたき》さんがいた。

「河滝さん、お疲れ様です」

「はは、別に疲れてないよ。吸っていい？」

「どうぞ」

河滝さんは俺に許可を貰《もら》ってからポケットから煙草《たばこ》を取りだして火を付ける。

うーん、この人、妙に煙草吸ってる姿が絵になるんだよな。かっこいい。

「ここに来てから驚きの連続だよ。クドウ君をはじめ、皆レベルが高いし、リベルさんとの訓練でどんどんレベルも上がってる。……もう軽く十回は死にかけてるけどね」

「それに関しては本当にすいません」

「別に君が謝る事じゃないよ。強くなるには必要な事だし、何より大変だけど理不尽じゃない。お礼を言いたいくらいだ」

ふぅーっと紫煙を吐き、

「まあ、異世界の残滓やカオス・フロンティア云々《うんぬん》はいまだに信じきれないけどね。……正直、規模がデカすぎて」

「あはは……」

まあ、そりゃそうだよね。

あや姉みたいに無条件で信じてくれる人の方が稀《まれ》だ。

「ところで、なんか悩んでるみたいだけどどうしたの？」

「あー、いや……俺の職業の『影の支配者』の上級職を取得する方法が分からなくて」

「リベルさんに聞けばいいんじゃないの？」

「リベルさんも知らないんですよ。システムに関して全て把握してるわけじゃないので」

しかも今はその記憶も失ってるわけだし。

「ふーん、なるほどね。ところでもう一つ、聞いておきたいことがあるんだけどさ」

「なんですか？」


「――君がこの世界をループしているってのは本当かい？」


「……え？」

今、なんつった？

「河滝さん……今、なんて？」

「ん？　私、今なんかおかしな事言った？」

「いや、だって今……」

「ああ、君がループしてるって事？　やっぱそうなんだね。なんか色々変な感じだったから合点《がてん》がいったよ」

「気付いてたんですか？」

俺は河滝さんらにはあくまで前回、リベルさんが話した情報以外は伝えていない。

つまり巻き戻しやループに関しては知らないはずなのだ。既《すで》に巻き戻しの影響があちこちに見られ、カオス・フロンティアまで接触してきたこの状況で、下手に情報を開示すればどう変化するか予想できなかったから。

だが彼女は俺たちの僅《わず》かな情報から正解に辿《たど》り着いた。

「まあ、確信はなかったけどね。今の君の反応からして、多分、私とこうやってゆっくり話をする機会もそんなになかったんだろうなって」

「それは……まあ、はい」

確かに訓練の最中に軽く会話をする事はあっても、こうしてゆっくりと言葉を交わす機会はなかった。少なくとも過去二回のループでは。

なのになんで今回は話しかけてきたのか？

河滝さんが巻き戻しに気付いただけでなく、こうして接触してきた理由は何だ？

「ちょっとだけ君の事が疑わしくなってきたからね。だからこうして直接話をしに来た」

「俺の事が……？　それはどうして？」

俺、なにか疑われるようなことしたっけ？　いや、それを言えば今この状況自体、相当疑わしいんだけどね。むしろ信じてこうして協力してくれてる方が凄《すご》いんだけど。

「あの白い少女だよ。なんであんなのと一緒にいるんだい？」

「え……？」

だが河滝さんの理由は俺にとって予想外のものだった。

「ユキが？　一体どうしてですか？」

「私は過去に二回、アレと似たような存在から『クエスト』っていう無茶な事をさせられて死にかけた事がある。私だけじゃなく下条や蠣崎《かきざき》、他の仲間も危うく死にかけたよ。容姿は少し違ったけど、雰囲気は間違いなく同じだった。そんなのと仲良くしてる君を疑うのは当然だろ？」

「……なるほど、そういう理由でしたか」

そういえば、このループでは大きな『変化』があったんだった。

ユキの力の回復が間に合った事だ。それによって彼女は俺たちの前に姿を現し、リベルさんとも邂逅を果たし、その結果、カオス・フロンティアとも接触する事ができた。

ユキの回復が間に合うか、間に合わないか。

それだけの違いであらゆる出来事が一気に変わってしまうんだ。

事情を知らない河滝さんにしてみれば、俺を疑うのも当然だろう。

「実はですね――……」

俺は河滝さんに事情を説明した。

「……――なるほど、そういう事だったんだね……」

河滝さんは煙草の煙を吐き出しながら俺の話を最後まで聞いてくれた。ユキの事をきちんと話すとなると、市役所やペオニー、それにアロガンツの事も全て話さなければいけないから結構長くなった。

「君、よく今まで生きてたね」

「はい、自分でもそう思います」

ホント、よく今まで生き残ってこれたよ。

「私も割と世界がこうなってから結構な場数を踏んできたと思ったんだけど、君に比べれば全然生ぬるかったかもね」

「いや、そんな事はないでしょう」

俺は河滝さんからクエストの内容も聞いた。

市役所でユキから与えられたクエストにも勝るとも劣らない凄惨な内容だった。……そういえば、アロガンツもクエストに関しちゃ愚痴を言ってたな。システム側の無茶ぶりは色んなところで発生しているらしい。

「でもそれなら納得できたよ。君が今まで話さなかった理由も理解できた。ごめんね、疑うような真似《まね》しちゃって」

「……もし俺の事を信じられなかったらどうするつもりだったんですか？」

河滝さんはしばし考える素振りをしてから、

「そうだなぁ……。私の『強奪』で君たちから奪えるだけのスキルや物資を全部奪って仲間と一緒にここから離れてたかな。そういう訳だから、皆もう自由にしていいよっと」

河滝さんは何もない空中で指をスライドさせる。

おそらくメールを送信しているのだろう。

「皆？」

「うん。仲間にも事前に話してあって、私が合図すれば君たちの仲間をできるだけ無力化するように頼んでおいた」

おっかねぇな、この人。

「私たちはゲームのキャラクターでも、ＮＰＣでもないからね。ちゃんとこの世界に生きてる人間なんだよ、クドウ君。ちゃんとその事を自覚しなさい」

河滝さんはつんっと俺のおでこを指ではじく。

「え……？」

「君が今、何回ループしてるのかは分からないけど、君、私たちを見る時、どこかそういう目をしてたよ。人じゃなく、ただの『戦力』として見るような、ね。ユキちゃんの事もそうだけど、一番の理由はそっちかな」

「それは……すいませんでした」

河滝さんの言葉に、俺はハンマーで殴られたような衝撃を受けた。

人間を人間として見るのではなく、ただの戦力として、駒として見る……？

そういう気持ちがまったくなかったといえば嘘になる。二回目、三回目とループを繰り返すうちに、どこか流れ作業のようにあや姉や河滝さんの事を勧誘していたのも事実だ。

何をやっているんだ、俺は。自分の愚かさに眩暈《めまい》がしてくる。

そんな態度じゃ信じられなくて当然だ。河滝さんの言い分は至極真っ当なものだ。

「ああ、勿論、今はそんな顔はしてないよ。それこそ、ここ最近は全然そんな感じはないし。どちらかといえば、切羽詰って余裕がないようにも見える……かな」

「ッ……」

そう言われて俺はますます心が締め付けられる思いだった。

その理由は間違いなくカオス・フロンティアに、今回が最後のループだからと告げられたからだろう。

だからこそ今までと違い気を引き締めようと思い直した。

その変化を河滝さんは見逃さなかったのだ。

「河滝さんのおかげで目が覚めました。本当に申し訳ありませんでした」

「いや、別に謝る事じゃないよ。次があるって考えればどうしてもそれに合わせて行動しちゃうのは、誰だって当然だよ。だけどもうちょっと私たちの事も信じてくれたら嬉《うれ》しいかな？」

「勿論です。今後ともよろしくお願いします」

ちゃんと向き合おう。前の世界でそうだったから、なんて甘い考えは捨てろ。

俺は改めてそう思い知らされた。

●

《――経験値が一定に達しました。クドウ　カズトのLVが24から25に上がりました》
レベルは順調に上がっている。
もうすぐ『半神人《デミ・ゴッド》』の上位種に進化できるところまで来た。
訓練場の壁際《かべぎわ》に座りながら、俺は自分のステータスを眺める。

半神人《デミ・ゴッド》の上位種ってなるとやっぱり『神人』かな。……神か。神っちゃうのか……。

「……それにしても不気味なくらいに順調だな」

あの日以降、カオス・フロンティアの接触はまったくない。

たまにこっちにやってくるユキに聞いても何も動きが無いとはっきり言われた。

どうやら向こう側ではユキとカオス・フロンティアは何度かやり取りをしているらしい。

何をしているのか気になったが、ユキは「他愛ない雑談よ」としか教えてくれなかった。

（順調だけど考えなきゃならない事は多い）

訓練と並行して考えなければならないのは残滓の『対策』問題と、その後に控えてるカオス・フロンティアとの決戦だ。

（前回のループで異世界の残滓は俺たちへの対策として援軍を出してきた……）

初手『英雄賛歌』と『白竜皇女』による不可避の速攻コンボで最初の三人を楽に倒す事はできたが、そのせいで異世界の残滓は剣聖ボア・レーベンヘルツというまったく想定外だった六体目の残滓の殻を出現させた。

どうやって援軍を増やしたのかは見当がついている。

ランドルと破獣の力を分割して与えたのだ。おそらくはそれぞれから一割ほどの力を分割し、それを新たな『殻』として精製した。

多分この予想は間違っていないと思う。

あの時は不意を突かれたせいで、冷静に状況を見通す事ができなかったが、今ならわかる。

剣聖ボアの力は最初に戦った『忍神』シュリやランドルに比べて格段に弱かった。

ランドルも言っていたではないか。

コイツは『時間稼ぎ』だ、と。

(もし仮に同じ事をされても今回は問題ない……)

位置替えの対策は十分に考えたし、ランドルと破獣を同時に相手した場合のケースも想定済みだ。

問題は残滓がまったく別の『対策』を講じてきた場合だ。というよりもそうなる可能性の方がずっと高い。

異世界の残滓は生に執着している。生き延びるためならなんだってするだろう。

「――何を考えているんですか?」

「五十嵐さん……」

ふと見上げれば、五十嵐さんが俺を見下ろしていた。

「訓練は終わりですか?」

「午前中の分は終わりです。サヤちゃんや西野君たちももうすぐ終わりますよ」

そう言われて視線を移せば、リベルさんの召喚獣相手に奮闘する西野君たちの姿があった。

「皆、リベルさんの召喚獣を複数相手にしても十分戦えるようになってきましたね」

「ええ、リベルさんの指導は素晴らしいです。地獄のようにキツイ訓練ですが、それ以上のメリットがあります」

「……そうですね。確かに厳しいですが、それも俺たちのためを思っての事ですし」

「そうですね。……本当に素晴らしい方だと思います。辛《つら》く苦しい立場なのは自分も同じでしょうに……。もし私が彼女の立場だったら、きっと全てを放り投げて自暴自棄になっているでしょうね」

五十嵐さんはリベルさんに同情にも似た視線を向ける。

「私にしてみたら、サヤちゃんが世界のために犠牲になった挙句《あげく》、それが不完全に終わってしまったようなものです。最悪じゃないですか」

「確かにそれはそうですね……」

リベルさんの母親は尽きかけていた自分たちの世界の寿命を延ばすために、その命を捧《ささ》げて俺たちの世界と自分たちの世界を融合させた。だがその結果、融合は不完全な形に終わり、リベルさんはその後始末に勤《いそ》しんでいる。よほどの精神力じゃないと務まらないだろう。

「——だからクドウさん、そろそろ本当の事を話してもらえますか？　あの人、記憶がないんですよね？」

「…………はい？」

一瞬、五十嵐さんが何を言っているのか理解できなかった。

「聞こえませんでしたか？　あの人、記憶がないんですよね？」

「……ソンナコトアリマセンヨ？」

ダラダラと汗を流し、目を逸《そ》らす俺に五十嵐さんは大きなため息をつく。

「だから嘘が下手過ぎるんですよ、アナタは……」

五十嵐さんは大きくため息をつく。

「へぇー、驚いたわね。私も上手《うま》くやってたつもりだったんだけど、よく気付いたわね」

するると当の本人であるリベルさんが会話に加わってくる。訓練はもう終わったようだ。

「ちょっとリベルさん⁉」

記憶を無くしている事をまったく隠そうとしない彼女に俺は面食らってしまう。

「別にもういいでしょ？　いつまでも隠しておけるわけでもない。気付いたんなら、素直に白状した方が今後の関係に繋《つな》がるってもんよ」

「はぁ……」

まあ確かに皆もリベルさんとも一定の信頼関係は築けてきているし、そろそろ話しても問題ない頃《ころ》かもしれないな。

「それで、それで？　どうやって気付いたのよ？　私これでも演技は上手い方だと思ってたんだけどやるじゃないのアンタ。気に入ったわ」

ぐいぐい距離を詰めるリベルさんに、五十嵐さんの方が面食らってしまう。

「ひ、人を観察するのは慣れていますから。それにアナタの話し方や間の取り方、そして会議中のクドウさんの仕草には違和感しかありませんでしたから」

そういえば会議の後、俺の方を見てたっけ。あの時にはもうおかしいと思ってたのか。

最初も最初の頃じゃねぇか。

隣町のペオニーの存在にいち早く気付いた時の一件といい、この人、観察眼鋭すぎる。

「ちょ、馴《な》れ馴《な》れしくしないで下さいっ。私は別にアナタに気を許したわけじゃ――離して」

「離しませーん。ぜぇーったい離しませんよーだ」

じたばたともがく五十嵐さんと、その反応を楽しむかのようにじゃれつくリベルさん。前のループでは見られなかった光景だ。

「……むぅ」

そして訓練を終えてこちらにやってきたサヤちゃんがちょっと不機嫌になる。ジェラシーなのかな？　五十嵐さんは慌《あわ》てる。

「サ、サヤちゃん、これは違うのっ。この人が離してくれないだけなのっ」

「別にいいよー。クロ、疲れたしお昼ご飯、食べにいこっ」

「ワンッ」

「サヤちゃーーーん⁉」

ガーンと落ち込む五十嵐さん。

まるでこの世の全てに絶望したかのように四つん這《ば》いになる。……この人、こんな愉快な人だったんだな。

「──って、そうじゃない！　誤魔化《ごまか》さないで下さい！　クドウさん、正直に話して下さい」

「ッ……」

じっと見つめてくる五十嵐さんに、俺は思わず目を逸らす。

「なになに？　何の話ー？」

「カ、カズトさん、どうしたんですか？」

奈津さんや六花ちゃん、西野君もこちらにやってくる。

「奈津さん、実は五十嵐さんがリベルさんの事、気付いてしまったみたいで……」

「え……そうなんですか？」

奈津さんはちょっと意外そうな顔で五十嵐さんを見て……あ、すぐに目を逸らした。

逆に五十嵐さんの方は何故か衝撃を受けたように固まっている。

「ちょ、ちょっと待って下さい。クドウさん、今、一之瀬《いちのせ》さんの事を名前で呼んでませんでしたか？」

「え、あ、はい……」

五十嵐さんはぐいっと顔を近づけて問い詰めてくる。……なんだろう？　さっきよりも迫力が凄くない？　どうしたのさ？

「……ふ、ふふーん♪」

そして奈津さんは俺の後ろで何故かドヤ顔をしている。

しかも髪をいじるふりをして、自分の左手――俺から貰った敏捷《びんしょう》の指輪をこれ見よがしに見せびらかしている。……なにしてんのさ？

「ぐっ……ぐぬぬぬぬ……」

なんで五十嵐さんはそんなに悔しそうなんだ？

こんなやり取り、前のループには無かった。ひょっとしてこれも『巻き戻し』の影響なのだろうか？

「はぁ……とりあえず正直に話しますから、先に昼食にしましょうか」

お昼ご飯食べよう。うん、そうしよう。

少し気持ちを落ち着かせてから話した方がいい気がする。

●

昼食後、会議室に移動し、俺は、五十嵐さん、サヤちゃんと西野君、六花ちゃんに本当の事を話した。

話をしている最中、リベルさんは美味しそうに食後のコーヒーを飲んでいた。

アンタの事なのに、なんでアンタが一番のんびりしてるのさ?

「……――記憶の欠落。巻き戻しの代償、ですか……」

五十嵐さんは顎《あご》に手を当てて考え込む。

「少なくとも俺はそう思ってます。二回目、そして今回とずいぶんと違いが出ていますから」

「……記憶を戻す方法はないのですか?」

西野君が質問する。

「あればとっくに試してるわ。少なくともスキルでどうこうできる感じじゃないわね」

リベルさんは両手を上げながら首を横に振る。確かに彼女の記憶が戻れば一番だけど、それができれば苦労はない。

「一応、ユキの方にもリベルさんの記憶の件は伝えてあります。巻き戻しもスキルである以上、ひょっとしたらシステム側に記憶のバックアップか何かがあるかもしれませんから」

「望みは薄いけどね」

「これに関してはユキの調査結果を待つしかないです。もし見つけられれば御《おん》の字ですが、俺たちの方でも記憶を戻す方法も模索していきましょう」

といっても、現状は何も手がかりはないけど、しないよりはマシだろう。

「……本当に巻き戻しの影響なのでしょうか？」

ぽつりと、五十嵐さんはそう呟《つぶや》く。

「え？」

「クドウさん、もう一度前回のループの事を話してもらえませんか？　特に異世界の残滓との戦いやカオス・フロンティアについて。覚えている限りの全てを」

「……分かりました」

俺はもう一度、前回のループに関して説明する。

「――それで剣聖という新手が現れたんです。その時、リベルさんが急に苦しみだして……」

「そこです」

五十嵐さんは俺の説明を遮《さえぎ》って、声を上げる。

「何故リベルさんはそこで苦しみだしたのですか？　新しい異世界の残滓が現れた影響だとクドウさんは言いましたが、それにしては彼女が苦しむまでにラグがあったように見えます。クドウさんは一回不意打ちを食らってから回復して少し会話もしているんですよね？」

「あっ……」

確かに言われてみればその通りだ。

新しい異世界の残滓が現れたのが原因であれば、リベルさんは剣聖が現れた直後に苦しみだしているはず。だが実際に彼女が声を上げたのは、それから少ししてからだ。

「────っ」

一瞬、俺の頭の中にあり得ない可能性がよぎった。あまりにも荒唐無稽で、そしてあまりにも残酷な可能性が。

「……おかしな点はありませんし、やはり巻き戻しの影響じゃないでしょうか？　その予兆が現れたのだと思いますよ」

「そう、でしょうか……？」

どこか釈然としない五十嵐さんを俺は無理やり納得させる。

「それよりも今後についての話し合いをしましょう。レベル上げと訓練はリベルさんの協力が不可欠ですから。リベルさん、もう少し詳細を詰めたいのですが、よろしいですか？」

「構わないわよ。何でも言ってちょうだいな。私が覚えてない以上、アンタだけが頼りなんだからさ」

「ええ、分かっています」

ああ、そうだ。あり得ない。あり得ちゃいけないんだ。

——記憶を失う前のリベルさんが、俺たちを裏切っていただなんて。

第三章　三つ目の選択肢

《――経験値が一定に達しました》
《クドウ　カズトのＬＶが29から30に上がりました》
《種族ＬＶが最大値に達しました》
《上位種族が選択可能です》

……遂《つい》にこの時が来た。

リベルさんとの度重なる訓練で俺《おれ》は遂に半神人《デミ・ゴッド》ＬＶ30になった。

すぐにステータスプレートを開き、進化先を確認する。

「……進化先は全部で三つか……」

一つは予想通りの種族だったが、まさかここにきて他《ほか》にも選択肢が出るなんて思わなかった。

でも好都合だ。

「進化できるようになったの？」

リベルさんが訊《たず》ねてくる。

「ええ」

「なら今日の訓練はもう終わっていいわよ。ゆっくり休んで進化に集中しなさい」

「……そうですね。そうさせてもらいます。あ、でも進化先の相談とかもしたいのですが……。実は選択できる種族が三つもありまして」

「あら、そうなの？　でも今回は止《や》めておいた方がいいわね」

「え？」

意外な返答に俺は面食らう。

「次の進化がアンタにとっての最終進化先になる。私の『超越者』と同格。質問権があれば種族については調べられると思うし、記憶を無くした私が半端《はんぱ》にアドバイスするよりも、アンタ自身の直感と意思を何よりも大事にするべきだわ」

「……分かりました。それじゃあ、先にあがらせてもらいます」

「ええ、どんな種族になるか楽しみに待ってるわ」

俺はリベルさんとの会話を切り上げて、訓練場を後にした。

アパートの自室に戻って、風呂《ふろ》に入って疲れをとった後、質問権を使い進化先について調べる。


『進化先』

・神人
人間の最上位種族（超希少）。全ステータスが大幅に上昇し、所有する全てのスキル効果が爆発的に上昇する。寿命が大幅に延び、老化も遅くなる。種族固有のスキルを複数取得する。あらゆる病気、毒、呪《のろ》い、不運、自身への不利なステータス効果を完全無効化する。更に特殊な眷属《けんぞく》を従える事ができる。

見た目は普通の人間と変わらない。

・超越者

人間の最上位種族（超希少）。人型の生物全ての最高到達点。全ステータスが大幅に上昇し、特にMP、魔力、対魔力が爆発的に上昇する。所有する全てのスキル効果が爆発的に上昇し、特に魔術関連のスキル効果は更に飛躍的に上昇する。不死に近い存在となり肉体は全盛期を保つ。

見た目は普通の人間と変わらない。

・臨界者

人間の最上位種族（超希少）。世界の理《ことわり》に接触した者は理外の力を得る。全ステータスが大幅に上昇し、所有する全てのスキル効果が爆発的に上昇する。寿命が大幅に延び、老化も遅くなる。種族固有のスキルを複数取得する。あらゆる病気、毒、呪い、自身への不利なステータス効果を完全無効化する。更にシステムや理外の存在へ干渉する力を得る。

見た目は普通の人間と変わらない。

これが選択可能な三つの種族についての情報。

リベルさんの言う通り、全てが最上位種族で超希少ときたもんだ。

俺はてっきり半神人《デミ・ゴッド》だから、『神人』だけに進化するもんだと思っていたが、どうやらそれ以外にも進化できるらしい。

超越者ってのはリベルさんと同じ種族だな。

「……リベルさんって確かアンデッドだったよな？　自分でそう言ってたし……」

てことは人間じゃなくなるのか？　説明文も『人』じゃなく『人型の生物』ってわざわざ表示してるし、そういう事なんだろう。ていうか、普通に不死とか表示されてる辺り、とんでもない種族なのがよく分かる。

「超越者は種族固有のスキルはないのか」

リベルさんのステータス欄にも表示が無かったし、どちらかといえば既存のスキルをより強固にするって感じか。

臨界者ってのは、もうあからさまだな。

カオス・フロンティアに接触したことで生まれた選択肢だろう。

「……どうにも作為的な気もするな……」

神人、超越者も魅力的な進化先だが、カオス・フロンティアとの対決を考えると、選ぶべき種族は『臨界者』に思えてくる。

なにせシステムや理外の存在へ干渉できるというのはあまりにも魅力的だ。

あまりにも魅力的かつ都合がよすぎて、これが罠《わな》なんじゃないかと疑ってしまうほどだ。

（……だがカオス・フロンティアとの会話から考えるにコレにはアイツの意図は介入していないはず……）

もしそうなら今この瞬間にも、あの黒い少女を使って何か仕掛けてくるはずだ。

それが無いって事は、この種族は選択肢としては十分に『アリ』だ。

「でも神人も捨てがたいんだよなぁ……」

流石《さすが》、半神人《デミ・ゴッド》の上位版だけあって、呪いや病、毒以外にも不運やステータス異常までも完全にガードできる上、特殊な眷属ってのが気になる。

「……眷属については質問権でも回答は無しか……」

あくまでそれはなってからのお楽しみという事なのだろう。

「うーん……悩ましいな……」

リベルさんと同じ超越者も確かに強力だが、俺にとっての旨味《うまみ》は少ない。俺、魔術関連に関してはからっきしだし。

そう考えるとやはり選ぶべきは神人か臨界者だろう。本当に迷う。

「…………よし、決めた」

たっぷり悩んだ末に、俺は進化先の種族を選択する。

《クドウ　カズトの種族を『半神人《デミ・ゴッド》』から『臨界者』へと進化させます。よろしいですか？》

当然、イエスを選択。

《これより進化を開始します》

《――接続《アクセス》――接続《アクセス》――成功》
《対象個体の肉体の再構築を開始》
《新たな種族を構築します》
《各種ステータスを上昇させます》
《進化を開始します》
《一定条件を満たしました》
《中央サーバーより個体クドウ　カズトへアクセス。固有スキル■■■■を贈与》
……なんだ？
今、最後に妙なアナウンスが流れなかったか？
確認する暇もなく俺の意識は暗転した。

●

――進化が完了し、目を覚ます。
（今回は進化に必要な時間は五日間だったな。前にも増して関節がバッキバキだな）
俺は軽くストレッチをしてから、ステータスを確認する。

クドウ　カズト

臨界者レベル1
HP8212／8212 MP5602／5602
力2845　耐久2440　敏捷9862
器用9601　魔力1035　対魔力1035
SP0　JP1

職業

忍神LV10、陰の支配者LV10、
断罪僧侶LV10、大召喚者LV9、
死霊術師LV2

固有スキル

早熟、英雄賛歌、勤勉、■■■■

種族固有スキル

神力解放、呪毒無効、下位神眼、
臨界干渉、管理者権限

スキル

超級忍術LV10、超級忍具作成LV10、
落日領域LV10、疾風走破LV10、
上級忍術LV10、ＨＰ変換LV10、
ＭＰ消費削減LV10、忍具作成LV10、
影支配LV10、影の瞳LV10、
広範囲探知LV10、破邪LV10、鋼身LV10
乾坤LV10、反撃LV10、自己再生LV10、
大召喚LV10、降霊術LV7、死者再現LV7
傷口操作LV7、身体能力超向上LV10、
一撃必殺LV10、黒剣術ＬＶ8、
高速並列思考LV6、投擲LV6、無臭LV7、
気配遮断LV7、鑑定妨害LV4、
敏捷強化LV8、器用強化LV5、
観察LV10、ＨＰ自動回復LV5、
危機回避LV5、交渉術LV1、逃走LV4、
防衛本能LV2、アイテムボックスLV10、
メールLV2、一心不乱LV1、未来予知LV4
騎乗LV4、激怒LV6、属性付与LV7、
ＭＰ自動回復LV10

パーティーメンバー

モモ　犬王Ｌｖ1
アカ　エンシェント・スカーレットＬＶ2
イチノセ　ナツ　始源人ＬＶ22
キキ　オル・テウメウスＬＶ3
ソラ　エンシェントドラゴンＬＶ19
シロ　白天龍ＬＶ14

流石、最終進化先とでも言うべきか……。全てのステータスが倍近く増加している。半神人《デミ・ゴッド》の時の比じゃない。

「これが臨界者か……」

だがそれ以上に気になるのは、固有スキル欄の『■■■■』だ。

これは取得はしたが、条件を満たしていない場合のスキル表示。『英雄賛歌』の時のような。

……最後に聞こえたアナウンスはコレの事だったのか。

あ、ちなみに断罪僧侶、大召喚士、死霊術師はそれぞれ新規と既存職の上位版だ。

大召喚士は召喚士の上位職で、影の支配者を取得した時に新たに空いた職業枠で取得した職業だ。

手に入れたスキルは召喚だけで、様々なモンスターやアイテムを召喚でき、レベルが上がる度に

召喚できる種類が増えてゆく。

リベルさんの召喚とスキル名は同じなのだが、向こうはモンスター特化なのに対し、俺はアイテムや武器などの物も召喚できる。どうやら召喚できる対象は人によって差異があるようだ。俺の場合はアイテムボックスや忍具作成なんかのスキルが影響したんだろう。

んで断罪僧侶は修行僧の上位職『破戒僧』と『黙劇者』の複合上位職。

『死霊術師』は『死体愛好家』の上位職だな。

これも『断罪僧侶』で職業が統合されて空いた枠を使った。

死霊術師……というか、死体愛好家については正直かなり迷ったのだが、質問権やリベルさん、ユキの意見を取り入れた上で取得した。

職業やスキル欄のスキルに関しては全て半神人《デミ・ゴッド》がLV30に上がるまでに得たポイントで取得したモノだ。破邪や大召喚、降霊術なんかはそれぞれの職業で手に入れたスキルである。新しく取得したスキルや既存スキルのレベル上げをしてたらあっという間にポイントもすっからかんになってしまった。

そして臨界者に進化して得たスキルは二つ。

『臨界干渉』

臨界に干渉するスキル

『管理者権限』

システムに干渉するスキル

二つのスキルの説明は非常にシンプルだったが、だからこそその絶大な力が理解できた。

俺はとうとうシステムに干渉できるスキルを手に入れたのだ。

それに『臨界者』はまだレベル1だが、決戦まではまだ二か月以上残っている。

いくらかレベルを上げることができるだろう。

「ていうか、何気にキキとシロが知らない種族に進化してる……」

オル・テウメウスと白天龍……？　今までのループと全然違う種族だ。モモとアカは前回と同じ種族だな。……時期はやはり今までよりも早いけど。

「皆の進化先については質問権で調べておくとして、まずは奈津《なつ》さんたちのところへ行くか……」

今頃《いまごろ》はリベルさんたちと訓練をしているだろう。

俺は部屋を出て皆の元へと向かおうとする。

「あら、ようやくお目覚めね。待ちくたびれたわよ」

『あ、おとーさん。おかえりです』

するとリビングにユキがいた。

彼女はソファーに寝そべりながらお菓子を食べていた。スイも一緒だ。

「この子、面白《おもしろ》いわね。可愛《かわい》いし、気に入ったわ」

『おとーさんが眠ってる間、この人、一緒に遊んでくれました。楽しかったです』

なんか仲良くなってる。

前に一度会っただけなのに、スイはずいぶんとユキの事が気に入ったようだ。

ユキもスイの事を気に入ってるっぽいし。

「……システムの方はいいのか？」

「エラーも収まったし、カオス・フロンティアも動く様子もないから問題ないわよ。というよりも、動けないというべきね」

「どういう事だ？　カオス・フロンティアについて何か分かったのか？」

俺の問いかけにユキは頷《うなず》く。

「アナタが進化して眠っている間に色々分かったわ。まず分かってると思うけど、アレは世界を滅ぼすための存在。それは間違いない。でもね、逆に言えば、それ以外の目的では動けないようなの。だからアレが決戦までにアナタたちに何か仕掛けてくる事はないわ。そこは私が保証する」

「そうか……やっぱりリベルさんの予想は正しかったか。それがはっきりして良かったよ」

カオス・フロンティアの邪魔や妨害がないって分かっただけでもありがたい。

「あー、それと言いにくいのだけど……」

そこでユキは初めてばつが悪そうな顔をした。一体どうしたというのか？

「あの黒い少女の事は覚えてるわよね？　カオス・フロンティアのアシストプログラム」

「覚えてるよ。当然だろ」

「実は一緒について来てるの。ごめんなさい」

「……………………は？」

一瞬、俺はユキが何を言っているのか理解できなかった。

「だから一緒について来たのよ。ほら、そこ」

ユキの指さす方を見ると、そこにはあの黒い少女——カオス・フロンティアがいた。

床に座って普通に本を読んでいた。ついでに頭の上にキキを乗せていた。

「お久しぶりです、早熟の所有者。おじゃましてます」

「何でいる⁉」

「暇だからです。自我というのは面倒ですね。する事が無ければ退屈を感じてしまう。実に非合理的です。……あむ」

そう言いながら、足元に置かれたポテチに手を伸ばす世界の理。

……世界の理がポテチ食ってる。

いや、傍《はた》から見る分にはゴスロリ少女がお菓子食ってるだけにしか見えないんだけどさ。

なにこれ？　どういうこと？　俺はどう反応すればいいの？

「ユキ、どういう事だ？」

「どうもこうも、言ったでしょう？　その子、勝手について来ちゃったのよ。よほど暇だったのね」

「暇だったのね、じゃないだろっ」

アイツ敵だよ？　ラスボスっぽい存在だよ？　それがリビングでキキを頭に乗せてポテチ食ってるんだぞ？

訳が分からないよ！

「私だって混乱してるわよ。でもとりあえずさっきも言った通り、カオス・フロンティアは顕現するまでは何もできない。だからアナタたちに危害を加えることも無いわ」

「いや、こっちの情報が漏《も》れる可能性とか色々あるだろ」

「だから問題ないわよ。あくまでその子はカオス・フロンティアの疑似人格アシスト。いくら情報を集めたところで、その情報は本体へフィードバックされない。私が止めてるから」

さらっと凄《すご》い事を言う。

「……本体をアシストできない疑似人格って意味あるのか？」

「うるさいですね。私の誘いを断っておいて生意気な。この子がどうなってもいいんですか？」

「きゅー？」

カオス・フロンティアは頭にいたキキを両手で抱くと、こちらに見せつけてくる。

「なっ、止めろ！　キキには手を出すな。……悪かったよ。謝るから」

「ふっ、初めからそういう殊勝な態度でいればいいのです。人間風情《ふぜい》が生意気な——あ、痛っ」

「きゅー」

キキは尻尾《しっぽ》をペチンとヒットさせると、あっさりと拘束を抜け出して俺の元へやってくる。

「キキ、大丈夫か？」

「きゅー♪」

キキはドヤ顔で「やってやったぜ」的な鳴き声を上げる。可愛い。

「よくもやってくれましたね。絶対に許しませ――あ、痛っ」

カオス・フロンティアはこけた。

「言っておくけど。その子、力を奪われた時の私くらいの力しかないわよ」

「ふぐぅ……痛いよぉ……」

床に転んで涙目になる世界の理。

なにこれ？

俺は何を見せられてるの？

「……お前、本当にカオス・フロンティアなの？」

「くっ……ば、馬鹿《ばか》にして！　いいですよ！　もう帰ります！　絶対後悔させますからね！」

カオス・フロンティアは捨て台詞《ぜりふ》を吐くと、ずぶずぶと黒い影に沈んでいった。……その手には食べかけのポテチの袋がしっかりと握られていた。

「……ずいぶんと人間臭いプログラムだな」

「そこも含めて私はちょっと気になっているのよね。どうにも違和感があるから」

「どういう事だ？」

「そこはまだ話せないわ。私もあくまで予測の段階だから。それよりも今日来たのはこれを渡すためよ」

そう言ってユキは虚空《こくう》から水色の水晶玉を取りだした。

「これって？」

「触れてみれば分かるわ」

「……？」

俺はユキが持つ水晶に指先で触れる。

「――――」

その瞬間、俺の頭の中に『ある情報』が流れ込んできた。

「……これって……嘘《うそ》だろ？」

「苦労したわよ。でもこれが見つかったって事は、アナタが以前考えていた仮説は正しかったみたいね。私が見つけられたってのはつまりそういう事だもの」

「……できれば当たっていてほしくなかったけどな」

「それをどうするかはアナタに任せる。願わくば悔いのない選択をする事ね」

ユキは俺に水晶を渡すと、その姿を消した。

「さて、どうするかな……」

俺は手渡された水晶を握りしめながら、彼女が消えた場所を静かに見つめていた。

頭の中に流れ込んできたその膨大な情報を噛《か》みしめながら考える。

ややあって、俺は彼女がいるであろう場所へ向かった。

●

訓練場に向かうと、相変わらずの光景が広がっていた。

「あぅ……」「……死ぬ。ホント死ぬ……」「もう嫌だ、もう嫌だ、もう嫌だ……ふひひっ」

死屍累々《ししるいるい》である。

「ほら、少し休んだら再開するわよ。シャキッとしなさい、シャキッと」

そんな中でリベルさんは元気いっぱいだ。完全にノリが体育会系のコーチのそれだ。

リベルさんは俺に気付くと、こちらへやってくる。

「カズト、久しぶりね。進化はもう終わった？」

「ええ。あれから確か……五日ですよね？」

臨界者に進化するのにかかった日数は五日。今までの進化では最長だ。

俺は自分の体の具合を確かめるとリベルさんへ向き合う。

リベルさんも興味深そうに俺を見つめてくる。

「へぇ……強くなったわね。種族は？」

「臨界者です」

「臨界者……？　聞いたことがない種族ね。でも間違いなく私の『超越者』と同格。そこまでいくと流石にもう、私との訓練じゃレベルも上がりにくくなるかもしれないわね」

レベルが上がりにくくなる。

それはつまり俺とリベルさんの実力が近しくなった証拠だ。

「んで、どんな力を手に入れたの？　教えなさいよ」

リベルさんはワクワクした様子で聞いてくる。

ユキは俺にどうするか任せると言った。ならば俺の取るべき選択は——。

「……リベルさん、お願いがあります」

「なによ？　改まって」

「一度、俺と全力で勝負してもらえませんか？」

リベルさんは一瞬、ポカンとした後、納得したように頷いた。

「ああ、新しい力を確かめたいのね。勿論《もちろん》、構わないわよ。んじゃここで——」

「あ、ここでは駄目です」

「え、なんで？」

「言ったでしょう。『全力』でと。今の俺たちが全力で戦えばここは更地になってしまいますから。それに——」

俺はあえて挑発するようにリベルさんを見て笑う。

「大勢の前でリベルさんが負ける姿なんて見せるわけにはいきませんから」

「……へぇ、言うじゃないの？」

先ほどまでとは一転、リベルさんは好戦的な笑みを浮かべる。

手に持った杖《つえ》をガンッ！　と地面に叩《たた》きつける。それだけで凄《すさ》まじい土埃《つちぼこり》が訓練場に舞い上がった。

「カズト、そういうのは冗談でも言っちゃいけないわよ？　確かにアンタは私と同格の種族に進化した。でもそれでもまだ私たちの間にはれっきとした力の差が――」

「やるんですか？　やらないんですか？　あ、もしかしてビビってます？」

「ッ……」

リベルさんの笑みが完全に消える。

これでいい。本当に、本気のリベルさんじゃないと意味がないからだ。

「……いいわ。何の意図があるか分からないけど乗ってあげる。それじゃあ、シュラムに頼みましょう。アイツなら私たちが全力で戦っても外に影響が出ないレベルの結界を創る事ができるから」

「分かりました」

俺はリベルさんと共に海岸へと向かった。

訓練場にいた人たちは呆然《ぼうぜん》と俺たちを見つめていた。

●

海岸に到着すると、海王様がアカやモモと一緒に遊んでいた。

『そーれ』

「わんっ♪　わぉーん♪」

「……（ふるふる）♪」

柴犬とスライム二匹がビーチバレーをするという何ともシュールな光景である。

なにこれ？

「あはは、クローこっちだよー♪」

「ワォーン♪　ワンワン！」

ついでに何故《なぜ》かサヤちゃんとクロ、五十嵐《いがらし》さんまで一緒だ。

サヤちゃんは俺に気付いたのか手を振ってくる。

「あれ？　カズ兄《にい》、どうしたの？」

「いや、どうしたのはこっちの台詞だろ。どうしてサヤちゃんたちがここにいるんだ？」

しかも二人とも水着である。

五十嵐さんに至ってはビーチパラソルとビーチチェアまで準備して、優雅に羽を伸ばしている。

完全にバカンスである。

「……心外ですね。別に遊んでいるわけじゃありませんよ」

俺の視線に気付いたのか、五十嵐さんが身を起こす。

「……というかその水着は何なんですか？」

「いいでしょう？　サヤちゃんが選んでくれたんですよ」

「ふふん。とお姉に一番似合うと思ったんだよっ」

サヤちゃんはドヤ顔で胸を張る。

いや、確かに似合ってるけどさ……。それ、いわゆる紐《ひも》水着ってヤツだよね？

サヤちゃんは普通に可愛いフリル付きのヤツなのに、なんで五十嵐さんは紐？

似合ってるけどさ。物凄く似合ってるし、正直眼福だけどさ。……ありがとうございます。

「まあ、その……水着に関してはこの際、置いておくとして、どうしてここに？」

「アカちゃんが海王様に力を分けて頂いているのはアナタの方がご存知でしょう。ですがその過程でモモちゃんにも海王様の力が流れている事が分かったんです」

五十嵐さんは何も恥じるモノなど無いとでもいうように堂々としていた。……耐性スキルがあって良かった。もしなかったら、俺の理性はきっととんでもない事になっていただろう。

「それなら俺も知ってますよ」

今回もそうだったが、海王様の力によって、モモは犬王に、アカはエンシェント・スカーレットという種族へそれぞれ進化した。アカは直接海王様の力を分けてもらっていたから分かるが、モモにもその影響が出ていたのはやはり『共鳴』の影響だろう。

「それでモモちゃんに海王様の力が流れるのであれば、クロにもひょっとしたら海王様の力が流れるんじゃないかと思い試していたのです」

「ワンッ♪」

「……くぉん」

モモの隣でクロは嬉《うれ》しそうに鳴く。そしてモモはとても不機嫌そうに顔をしかめる。

「カズ兄が進化して寝てる間に試したんだけど、思った通りクロの力も上がったんだ」

「そりゃ本当か？」

俺は驚いた。

これも今までのループではなかった新展開だ。

「アナタが眠っていた五日の間にレベルは10ほど上がりました。クロのレベルは今19なのでもう少しで進化できるでしょう」

「そうか。良かったな、クロ」

「ワォン♪」

クロは俺が頭を撫《な》でると嬉しそうに返事をする。

そういえば、今のクロの種族って『ダーク・ウルフ』だったっけ？

確か前回のループの時は『黒牙狼王《こくがろうおう》』とかいう種族に進化してたはずだ。

でも今回はそこに海王様の力が加わる。今までよりも更に強くなってくれるだろう。ひょっとしたらキキやシロみたいにまったく別の種族になる可能性もある。

「うぅ～～……」

「……（ふるふる）」

するとモモの唸《うな》り声が聞こえてくる。ジェラってるね。クロをモフモフしている事に嫉妬《しっと》しちゃってるね、モモ。うーん、可愛い。

でも一緒にビーチバレーしてたアカが困ってるから止めなさい。

「ほら、モモも撫でてやるからこっちにおいで」

「わぉーん♪」

モモはすぐにやってきた。

うーむ、海王様の力の恩恵を受けて毛並が素晴らしい事に。

今までのループでも素晴らしかったが、これは過去一かもしれない。

「ところでクドウさん、どうでしょうか？」

「え？　何がですか？」

一方、五十嵐さんは両手を広げて俺の方を見てくる。

ばいんばいんの凄い光景だな。でもそれがどうかしたのだろうか？　耐性スキルが無ければ危なかったけど。

「……全然反応が薄いですね。やはりもっときわどい水着の方がよかったでしょうか……？」

「そういうのは言わない方がいいと思いますよ？」

「そういうのは聞いても聞かなかった事にするのがマナーだと思いますよ」

言い返された。ぎゃふん。

「ところで海王様は大丈夫なんですか？　アカ、モモだけでなくクロにまで力を与えるなんて」

『問題ない。失った力はある程度、眷属たちから賄《まかな》う事ができるからな』

海王様の言葉に頷くように海の方で浮かんでいたスライムたちが一斉に跳ねた。

そういうものなんだ。スライムって便利だな。

『しかしアカやモモと遊ぶのは楽しいな。我はここ数百年で一番楽しい』

「そ、そうですか……。それは良かった」

アレかな？　孫と遊ぶお爺《じい》ちゃんみたいな感覚なんだろうか？

「さて、話はもういいかしら？」

「あ、すいません」

「シュラム、話は聞いてると思うけど、今から結界を張ってもらってもいい？」

『任された。全力でやるがよい』

「助かります」

それじゃあ、やるか。

リベルさんに今の俺の全力をぶつけるとしよう。

●

『――うおおお、現れよ！　とてもすごい結界！』

海王様の何とも言えない掛け声と共に砂浜に結界が展開される。

「うわぁー、凄い。めっちゃ硬いよ、この結界」

「……凄まじいエネルギーを感じますね……」

結界の外からサヤちゃんや五十嵐さんの驚く気配が伝わってくる。

『外部との干渉をほぼ完璧《かんぺき》に遮断する結界だ。よほどの力でない限り、どれだけ暴れても問題ない』

「それは助かります」

俺も下位神眼を使って確認するが、これだけの結界ならば存分に暴れても問題ないだろう。

「じゃあ、始めましょうか」

「ええ、いつでもどうぞ？」

リベルさんは杖を片手にこちらを見据える。

……どうやら、まだ訓練の一環だと思っているようだ。

（……違うよ、リベルさん。これは訓練じゃない。本気の戦いなんだ）

そうでなければ意味がない。

これから先の——異世界の残滓《ざんし》や、カオス・フロンティアとの最終決戦に向けて、どうしても果たしておかなければならない戦いなんだ。

「神力解放、落日領域」

一気に力を解放し、加速する。

臨界者まで進化したことで俺の敏捷は９８６２まで上昇した。そこにスキルや神力解放が加わればその数値は更に１７０００近くまで上昇する。

リベルさんのステータス上の敏捷の数値は９００。

敏捷だけなら俺はリベルさんの二十倍速い。

「消え——」

一瞬で、俺はリベルさんの背後へ回り込む。音も、砂埃も置き去りにして、俺は一陣の風となる。

アイテムボックスから忍刀を取り出し、雷遁《らいとん》を付与。更に乾坤と一撃必殺のスキル効果も乗せれば、たとえリベルさんであろうともＨＰを全損するほどの一撃となる。

「がはっ……」

俺の忍刀がリベルさんの首を斬る。だがリベルさんの首は落ちなかった。まるで何もなかったかのようにリベルさんは無傷だった。

「……」

ゆっくりと確かめるように、彼女は自分の首筋を――俺に斬られた位置をなぞる。

「今の一撃……冗談じゃすまないわよ」

こちらを見るリベルさんの眼は幽鬼のように冷え切っていた。

同時に、結界の外で巨大な水しぶきが上がった。気配で分かった。あれはベヒモスだ。

海面に浮かぶベヒモスは首と胴体が泣き別れしていた。リベルさんのダメージを肩代わりしたのだ。

「……言ったでしょう。本気だって。俺の今できる全てをアナタにぶつけます！」

「何を考えてるか分からないけどいいわ。乗ってあげる。私も本気でアンタを殺してあげる、クドウカズト」

次の瞬間、ゴゥッ！　とリベルさんから途轍《とてつ》もない殺気が放たれた。

遂に彼女が――『死王』リベル・レーベンヘルツが本気になったのだ。

「ッ……これほどとは……」

今までのループ、今までの訓練は本当に俺たちに合わせてくれていたんだと思い知らされる。

これは途轍もないな。力や耐久、敏捷は俺が勝っているが、魔力・対魔力はリベルさんの方が遥《はる》かに上だ。だが単純な数値の話じゃない。それだけでは説明できない『圧』が確かに存在する。

「――『神聖領域』」

次の瞬間、リベルさんを中心に世界が変わった。

リベルさんの固有スキルの一つ『神聖領域』。俺の『落日領域』と同じように自身に有利なフィールドを創りだすスキル。

確か、リベルさんの効果は自身のステータス上昇と、スキル効果の倍増、あと敵への弱化効果の付与、だったたか。

だが俺の呪毒無効は不利なステータス効果を完全無効化する。俺への影響はない。

「――座標交換《チェンジ》」

刹那《せつな》、リベルさんの姿が消える。

現れたのはリベルさんの召喚獣リヴァイアサン。

(――位置替え！　でも召喚獣を出した気配は無かった。一体どうやって……？)

その答えはすぐに分かった。

砂浜を突き破って更に五体のモンスターが姿を現したのだ。

「事前に召喚して気配を消していたのか……」

単純だけど効果的な戦法だ。

リベルさんの姿を探すが見つからない。……どこかに隠れているな。

「――高速転移」

リベルさんの声が聞こえた。

同時に、召喚されたモンスターたちがランダムに入れ替わる。

移動しながらの位置替え。それも大小様々。だがただ位置を変えるだけな訳が無いな。

――俺をどこに移動させるかを見計らっているな。

前々回のループで、リベルさんとの訓練の時にまんまとしてやられた戦法だ。

そして俺はそれを知っていても、リベルさんはそれを知らない。

俺の位置がモンスターと入れ替わる。

同時にリベルさんが俺の目の前に出現する。

それを待っていた。

「ッ――まさか、これを読んで……！」

俺が冷静な事で、リベルさんは作戦が読まれたことを理解したのだろう。……失敗したな。これなら演技でわざと策にハマッた方が良かった。俺、本当にこういうの向いてないな。

「黒剣術・影斬」

剣先から無数の影が出現し斬撃に変化する。影ができるのは足元だけじゃない。服と体の間、指と指の隙間《すきま》、相手と自分の間、それら全ての『影』が俺の操作対象だ。

「――反射ッ！」

対してリベルさんが取った手段は反射。理屈もなにもないただ攻撃を反射するだけの防御。

近接においては絶対の盾《たて》。

ただその攻撃は――体の『内側』には作用しない。

スキルを使うためにリベルさんは口を開いた。その瞬間、口の中には僅《わず》かに『影』が生じる。

「がはっ……」

口の中から出現した影の刃《やいば》がリベルさんを内側から切り裂く。

「ッ……呪詛《じゅそ》返し」

「がはっ……！」

だがその瞬間、俺も同じダメージを喰《く》らってしまった。

……どういう事だ？　呪いの類《たぐい》は呪毒無効で効かないはずじゃ……？

その疑問は俺の脚に刺さった光の剣によって氷解する。

「――神威……！」

「正解」

――神威。リベルさんの固有スキルの一つ。その効果は斬られた対象のスキルをランダムで一つ使用不可能にするもの。

おいおい、これ種族スキルにも有効なのかよ……。

しかも斬られた感覚がまるで無かった。ダメージも斬られた感覚もないままにスキルを使用不可能にするスキル。こりゃ反則だ。

（――てことはマズイ！　呪毒無効が無効化された今、俺はリベルさんの弱化を防げな――ッ⁉）

気付くよりも早く、一気に様々な弱化魔法が俺を襲う。どうやら『神聖領域』によって付与される弱化《デバフ》効果は一つではないらしい。

体が鉛のように重く、耳も聞こえなくなっている。両手も動かない。スキルもいくつか使用不可になっているな。なんつー効果だ。キキの弱化《デバフ》の比じゃない。

神威で斬られたのは一回ではないらしい。

（あの高速転移は目くらましだったのか）

おそらくあの最中に不可視化を施した神威を放っていたのだろう。痛みも斬られた感覚もないんだ。俺は気付くのが遅れた。

だが——まだ終わりじゃない！

「……！」

リベルさんの表情が変わる。

彼女の背後で、召喚獣たちが一斉に地に沈んだ。

影の遠隔操作で、全員内部から切り裂かれてもらった。砂の中にもまだ何体か潜んでいたみたいだけど、砂の中なんて影の宝庫だ。

「ッ……やるじゃない。今の一瞬で手持ち全部消すなんて」

聞こえないが、何を言っているのかは気配で分かる。これで位置替えは使えない。

アイテムとの交換は……おそらく不可能。

「影縛り」

先ほどと同じように体の内側からの拘束。リベルさんの動きを奪う。

「――『死王』」

「⁉」

刹那、俺の両手が切断された。

なんだ？　今、何が起こった？　死王だと？　リベルさんの固有スキルの一つ。だが、その効果は既存スキルに莫大《ばくだい》な補正を掛けるものじゃなかったのか？

おそらく今の攻撃はリベルさんの切り札。その証拠に、影や忍術で腕を代用して創る事ができない。まるで腕そのものが最初から『無かった事』にされているかのようだ。

だが――距離は詰めた。

「ッ……カズト！」

「終わりです！」

手が使えなくても口がある。俺は口に咥《くわ》えた忍刀でリベルさんの首へと刃を突き立てた。

だが同時に、リベルさんの光の剣が俺の心臓を貫いた。

さっき俺の腕を斬り落としたのはこれか。斬られた瞬間まで見えなかった。存在すら認識できなかった。

『――相打ちか……』

海王様の言葉と共に、俺とリベルさんは同時に倒れた。

（相打ち、か……。まあ、上々だな）

本気を言えば勝ちたかった。

『英雄賛歌』を使っていれば、勝負は違っていたかもしれないけど、アレは仲間がいてこそ真価を発揮するスキルだからな。

「カズ兄！」

「クドウさん！」

「わんっ！」

結界が消えると、モモやサヤちゃんたちが駆け寄ってくる。

その気配を感じながら、俺の意識はゆっくりと沈んでいった。

こうして俺とリベルさんの最初で最後の殺し合いは幕を閉じた。

●

目が覚めると、目の前にはサヤちゃんと五十嵐さんの姿があった。

「良かった、目が覚めたんだね」

「……本当に死んだかと思って心配しましたよ……」

二人はほっとしたような表情を浮かべる。

「わぉん！」

モモは勢いよく俺に飛びついて来た。めっちゃぐりぐりと頭を押し付けてくる。よほど心配させてしまったようだ。

「……ごめんな、モモ。二人にも心配をおかけしました」

俺は覚醒《かくせい》する意識と共に、自分の状態を確かめた。

腕は……あるな。それに傷も治ってる。でもどうやって？

『我が治した』

ぷるんと、海王様が揺れた。

何故か五十嵐さんに抱かれていた。巨大なプルプルが三つ。

『……まったくあそこまで暴れるのは流石に想定外だったぞ？　おかげで余計な力を使う羽目になった』

「……申し訳ありません。リベルさんは？」

「ここよ」

声のした方を見れば、リベルさんがいた。ビーチチェアに寝そべり、トロピカルなジュースを持ちながらこちらを見ている。あと何故か五十嵐さんと同じマイクロビキニを着ていた。

「……なんで水着なんですか？」

「似合うでしょ？　いいわこれ、気に入ったわ」

いや、答えになってない。

リベルさんの傷も治っていた。おそらく海王様が治してくれたのだろう。

リベルさんはトロピカルなジュースを美味《おい》しそうに飲む。……どこにあったの、それ？

『我が用意した』

「ナチュラルに心を読まないで下さい」

『気になっているような気配がしたのでな。あれはアカに与えているのと同じ我の力の結晶だ。飲めば傷も癒《い》えるし体力も回復する。欠損も治る。種族やスキルのレベルも上がる。便秘解消や肥満改善。ニキビや肌荒れにも効果があるぞ？』

「なにそれすごい」

滅茶苦茶凄い飲み物だった。

破格の効果じゃないか。でも最後の効果いる？　温泉じゃないんだからさ。

「カズ兄の分もあるよ？　飲む？」

「ありがと。頂くよ」

あら、見た目と同じくトロピカルなお味。しかもサラッとしてて飲みやすい。

「……おぉ」

飲んだ瞬間、先ほどまで未覚醒だった意識が一気に覚醒した。

凄い。今までで一番ベストなコンディションになった気がする。

「気絶してる間に海王様が飲ませた時は凄かったよ。にゅるにゅるってカズ兄の腕が生えてきてさ」

「……かなり衝撃的な絵面《えづら》でしたね」

本当に凄いな。

「ありがとうございます、海王様」

『うむ。しかしこれはアカに与えるのと違って作るのに時間がかかる。そう何度も期待するなよ？』

「そんな貴重なモノを使って頂きありがとうございます」

改めて海王様に感謝。

「それにしても凄かったですね。結界の外から見てましたが、何が何だかさっぱり分かりませんでした」

「私もっ。なんかカズ兄が影か何か操《あやつ》ってたのかなって気がしたけど……」

「ワォーン？」

おお、サヤちゃんは気付いたのか。

クロはさっぱりわからないという風に首をひねっている。

「影の支配者のスキルだよ。臨界者に進化したことで、スキルでできる事の幅が広がったんだ。こんな感じに」

俺はクロの体から影の手を生やす。

「ワォンッ⁉」

「うわっ、クロから手が生えてきた！」

「僅かでも影さえあれば、どこでもスキルの対象範囲です」

クロはバタバタと背中を砂浜にこすり付けて手を払おうとするが、無駄な抵抗だ。何せ僅かでも影があれば、それを『拡張』させる事ができるのだから。

「……凶悪過ぎませんか？　それってつまり相手の体内であってもスキルの対象になるって事です

よね？」

「ええ、その通りです」

五十嵐さんの言う通りだ。

「その気になれば、相手を内側から影で貫く事もできます」

多分、今の俺なら人やモンスター相手なら絶対に負けることはない。なにせ防御不可能な体の内側から脳や心臓を潰《つぶ》せるのだ。心臓や脳を再生できるなら話は別だけど。

「ヤバ……カズ兄無敵じゃん」

「ワォン♪」

「そうでもないよ。海王様みたいなスライムには効果ないし、リベルさんみたいに召喚獣にダメージを移し替えたり、反射できるスキルがあれば防げる」

まあ、反射されたとしてもリベルさんの神威みたいな例外でも使われない限り、俺には効かないけど。

「だから先に召喚獣たちを片付けたって訳ね」

「ええ、リベルさんが出し惜しみしていたら、こっちが危なかったです」

リベルさんはベヒモスやリヴァイアサンを含め、全ての召喚獣を出していた。

もし一体でも出し惜しみしていたら、一気にダメージを肩代わりされて俺の方が危なかった。

「ちなみにリベルさんが最後に使ったアレはどういう事なんですか？」

「死王の事？」

「ええ」

「えぇ〜、そんなに知りたいの〜？　嫌だなぁ〜。あれ、私の切り札だしぃ〜。そう簡単に教えられないしぃ〜」

凄くウザイ。

「まあ、どうしてもっていうならぁ〜。特別に教えてあげても——ぺぎゃぁ⁉」

『いいから、とっとと教えてやれ。もったいぶるな』

あ、海王様の一撃が決まった。

『カズトにやられて悔しいのは分かるが、それはそれだ。今後のためにもきちんと情報は開示しておけ』

「……別に悔しくないわよ」

悔しいんだ。

『悔しいんだな』

「悔しいんだね」

「悔しそうですね」

「くぅーん」

俺の心の声と、海王様とサヤちゃんと五十嵐さんの声が綺麗《きれい》にハモッた。

「いや、皆さん、そういうのは分かっていても言わないのが情けですよ。見て下さい。リベルさん、めっちゃ恥ずかしそうにプルプル震えてるじゃないですか。可哀《かわい》そうですよ」

「……そうやって追い詰めてるカズ兄が一番鬼畜だと思うよ？」

「え？」

「だぁー！　うるさい、うるさい、うるさい！　言うわよ！　だからこれ以上、私を辱《はずかし》めるな！」

リベルさんはハァハァと肩を揺らしながら叫びまくる。……よほど恥ずかしかったようだ。

「あれは『死王』の効果を『神威』と『神聖領域』に絞っただけよ。ただそれだけ」

「スキルの効果を絞った？」

「そうよ。私の『死王』やアンタの『早熟』や『呪毒無効』なんかは常時発動してる――えっとこっちのゲーム風に言えばパッシブスキルっていうんだっけ？　そういう類のスキルなの。普段意識して使ってないけど効果が現れるスキルはたいていこれ」

「HPやMP回復なんかのスキルとかもですか？」

「そうね。んでHP回復なんかは効果が『HP』だけに限定されるけど、『死王』やシュラムの『海王』なんかは自分自身全てに適用されるスキルなの。種族特性と同じね。説明文に書いてなかった？　全てのスキル効果を上昇させる、とか」

「ああ、ありましたね」

「それを意図的に対象を絞ったの。対象を絞ればその分、効果は増す。さっきの戦闘だと、神威の効果が増幅された結果、スキルだけじゃなくそのスキルを使った腕も効果に含まれたみたいね」

「……なるほど、そういう事だったんですね」

「意識すればアンタもできるようになるわよ。とはいえ、ある意味本来のスキル効果を捻《ね》じ曲げてるわけだから長く使えないし、相応に力は消耗するけどね」

「今度から訓練してみますよ。これはかなり使えそうだ」

もし使えればかなり強くなれる。例えばさっきの戦闘でも『呪毒無効』の効果を絞れば、『神威』の効果を相殺《そうさい》できただろう。

「あー、それにしても悔しいわね。まさか私がカズトと引き分けるなんて」

『ふふ、心強い事じゃないか』

悔しがるリベルさんとは対照的に海王様は嬉しそうだ。

「そうだけど、理解はできても納得できない事はあるの。はあ、一対一でこれなら、『英雄賛歌』を使ったカズトのパーティー相手なら、私でももう勝てないでしょうね。あぁー凹《へこ》むわぁー」

「リベルさん……」

まさかリベルさんの口からそんな言葉が出るとは思わなかった。

「――んで、何のためにこんな事をしたわけ?」

それまでのグダッたふざけた口調ではない。至極真面目《まじめ》な声で、リベルさんは俺の方を見つめてくる。

「勿論、これからきちんと説明します」

俺はアイテムボックスからユキに貰《もら》ったソレ、を取りだした。

「これは……水晶? 私の持ってるマスターキーにちょっと似てるけど……?」

「流石、リベルさん。鋭いですね。これはシステムの一部を可視化したモノです」

リベルさんの表情が変わる。

その場にいた全員が息をのむ気配が伝わった。

「この中にはリベルさんの記憶が封印されています。記憶を失う前のリベルさんの全てがこれには記憶されているんです」

「ッ……！」

俺の言葉にリベルさんは表情を変えた。

「じゃあ、これを使えばリベルさんは記憶を取り戻せるってこと？」

「ああ」

「本当？　良かったね、リベルさん」

「待って下さい。それは――」

無邪気に喜ぶサヤちゃんとは対照的に、五十嵐さんはどこか慌《あわ》てるような表情を見せる。

おそらく五十嵐さんは俺と同じ懸念を抱いていたのだろう。

「五十嵐さん、アナタの考えている事は分かります。でも、だからこそここではっきりさせておくべきだと思うんです」

「……どういう意味？」

リベルさんが何の事だろうかと首を傾《かし》げる。

「リベルさん、それは……」

俺が言い淀《よど》んでいると、リベルさんはすぐにピンと来たらしい。

「ふーん、なるほど。何となく察したわ。私の記憶が戻ると、アナタたちに都合が悪いんでしょ？　ひょっとして私に何か嘘でもついてたの？」

俺の態度からリベルさんはそう捉《とら》えたのだろう。疑わしい眼差《まなざ》しを向けてくる。

……やはり正直に言うべきだな。俺はこの人に嘘はつきたくない。

「いえ、違います。嘘をついていたのはリベルさん、アナタの方なんです」

「私が？」

「はい。正確には嘘とはちょっと違いますね……。記憶を失う前のアナタは俺たちに協力するふりをして、別の目的のために行動していたんです。……だからこそアナタは記憶を失った」

「ちょ、ちょっと待ってよ。意味が分からないわ。どういう事なの？」

「すません。そのつもりはなかったんですが、俺は失ったアナタの記憶を見ました。この水晶に触れた瞬間、流れ込んできてしまって……」

「なっ……」

「だからこそ、そう言えるんです。リベルさんも触れれば全て思い出します。……記憶も、俺たちに隠してきた想《おも》いも全てを……」

「……」

そこでリベルさんは口に手を当てて考え込む。

「……なるほどね。カズト、アンタが私に勝負を仕掛けてきた理由が分かったわ。万が一、何かあった時に、本気の私を止められるかどうか、試しておきたかったのね？」

「……はい」

その通りだ。

もし記憶を取り戻したリベルさんがある目的のために俺たちと敵対するのであれば、俺はそれをなんとしても止めなければならなかった。

「本当に……すいません」

これはある意味、信頼を裏切る行為だ。

少なくとも今の記憶を失った彼女は俺たちを信じて協力してくれたのだから。

「……カズト、水晶を頂戴」

「いいんですか？」

俺の問いに、リベルさんは頷く。

「記憶を無くす前の私がどうだったかは知らないけど、少なくとも私はアンタたちを気に入ってる。好きか嫌いかで言えば間違いなく好き。人の心ってそう簡単に変わらないもの。前の私もちゃんとアンタたちの事を好きだったんだと思う」

「……」

「だからちゃんと決着《ケリ》をつける。アンタたちがこのループを終わらせてくれるんなら、私だけ前に進まないでいるのは間違ってるでしょ？」

「リベルさん」

「だからカズト。私に記憶を返して頂戴」

「分かりました」

俺はリベルさんに水晶を差し出す。

リベルさんはゆっくりと手を伸ばし水晶に触れた。

その瞬間、水晶は霧散し、リベルさんの中へと吸い込まれていった。

「ッ……」

リベルさんが表情を変える。

これでリベルさんは失った記憶を取り戻した。果たしてそれがどう影響するか……。

僅か数秒の後、リベルさんはゆっくりと目を開いた。

そして――……。

閒章　独白

――いつ諦《あきら》めたのか？

そう問われれば多分、最初からだったんだと思う。

私のお師匠様――実の母であるルリエル・レーベンヘルツがシステムの礎《いしずえ》となるためにその命をささげた時、私はきっと全てを諦めていたのだろう。

……いや、違うな。

あの頃《ころ》はまだ、諦めていなかった。

使命感があったからだ。異なる世界と融合し、新たに創造された世界は不完全だった。

このままでは世界が滅びてしまう。母の死が無駄になってしまう。

だから私は頑張った。頑張る事ができた。

カズトたちを必死に説得し、信頼を得て鍛え上げ、自分たちの世界の残滓《ざんし》と戦わせ、そして滅びの運命を回避させた。

報われたと思った。

母が全てを懸けて救おうとした世界を残す事ができたのだから。

だが次の瞬間、ソレは現れた。

カオス・フロンティア。絶対存在にして、世界の理《ことわり》。

残滓の召喚で力を使い果たした私にはどうする事もできなかった。

ただカズトたちが抗《あらが》い、そして死んでいくのを見ていく事しかできなかった。

それまで笑みを浮かべていた仲間がただの肉塊《にくかい》になり、黒い海に呑《の》まれて消滅し、泣き叫び、何もできずに死んでいくのを見る事しかできなかったのだ。

「「「「――諦めろ――諦めろ――滅びを受け入れろ――滅びよ」」」」

カオス・フロンティアの声が木霊《こだま》する。止めて、やめて、やめて、やめてよ。

私が何をしたっていうんだ。

こんなに頑張ったのに、運命に抗おうと全力を尽くしたのに。

その結果がこれか？

母の思いも叶《かな》えられず、大切な仲間も死なせてしまった。

そんなのあんまりではないか。

最初から滅びる運命だったなら、何をしても無駄だったのなら、そんなのどうすればいいというのだ。


――絶望の中で、そのスキルは発動した。

《――スキル『巻き戻し』が発動します。スタート地点を設定します》

《――接続――接続――成功》
《スキル保有者リベル・レーベンヘルツと『早熟』の保有者クドウ　カズトのファーストコンタクトをリスタート地点に設定します》
《巻き戻しを発動》
《必要エネルギーは■■■■より供給。現時点での発動回数は無制限となります》
《――ザザ――ザザザザザザザ――頑張っ――――ザザ――て――ザザザ》

そして私はやり直した。

やり直してしまったのだ。この呪《のろ》われた因果《ループ》を。

「――じゃあ、名前っ」

「え？」

「その……ずっとパーティーを組んでるのに未《いま》だに私たち名字で呼び合ってるじゃないですか。だから、その……これを機に、名前で呼び合うってのはどうでしょう……か？」

目の前にはカズトと奈津《なつ》がいた。

つい先ほど、目の前で消滅したはずの二人がそこにいたのだ。

私はこの時初めて神様に感謝した。

やり直せるのだ。まだこの世界を、母が残したこの世界を守る事ができるのだと歓喜に震えた。

カズト、奈津、皆。会いたかった。ああ、これほど嬉《うれ》しい事はない。

やり直せる。やり直そう。今度こそ、私たちの手で未来を掴《つか》むんだ。

彼らの、光の指す方へと手を伸ばそうとした――、

――滅ビヨ。


その瞬間、あの光景が脳裏に蘇《よみがえ》った。

カオス・フロンティアにより全てが蹂躙《じゅうりん》されるあの忌《い》まわしい景色が。

あぁ……駄目だ。あれはどうにもならない。

私は強い。それは自惚《うぬぼ》れでもなんでもない客観的な事実だ。

だからこそだろう。なまじ強いからこそ、アレがどれだけ絶対的な存在なのかを理解してしまった。

「はっ、はっ、はっ、はっ、はっはっはっはっはっ……ッ……おぇぇ……」

吐いた。

アンデッドの身となったこの体で、耐性スキルが機能しているにもかかわらず、私は胃液をまき散らした。

まぶたを閉じればあの地獄が浮かび上がる。

最後に握りしめたカズトの手。その肘《ひじ》から先が消えたあの感触がまだ残っている。

嫌だ、嫌だ、嫌だ、嫌だ、嫌だ、嫌だ。

失いたくない。死なせたくない。

私はカズトの事が、この世界の人々の事がすっかり好きになってしまっていたのだ。

彼らの頑張る姿が、彼らの成長する姿が、あまりにも眩《まぶ》しくて、そして真《ま》っ直《す》ぐで、なにより異世界人であるはずの私を、彼らをこんな状況に追いやった私を受け入れて、仲間として接してくれた彼らが何よりも大切で、尊かった。

《――ザザ――ザザザザザ――――ザザザザザ》

《対象個体の感情値が一定値を超えました。個体の安定性を保つため記憶消去の処理を行います》

《対象のカオス・フロンティアに対する記憶を消去》

《実行――成功しました。対象の記憶消去を完了します》

「……？　何、今のアナウンスは？　カオス・フロンティア……？　一体何の事？」

そして私は全てを忘れた。

あの地獄を忘れてしまいたいという私の願いを、きっとシステムは聞き入れたのだろう。

だが心のどこかにしこりは残っていた。

――彼らを効率よく鍛えては駄目だ。強くし過ぎては駄目なのだ。取り返しのつかない何かが起こる。

そんな強迫観念めいた思いが、私の頭の中には強く残っていた。

二回目のループはランドルと破獣によって阻《はば》まれた。

純粋にカズトたちの力が足りなかった。
これでは駄目だ。もっとカズトたちを鍛えないと。

《――スキル『巻き戻し』が発動します》
《対象個体の感情値が一定を超えました。個体の安定性を保つため記憶消去を実行》

三回目のループでもカズトたちはランドルと破獣に勝てなかった。
勝てる戦力を整えたはずなのに、今度はあろうことか残滓の方が対策をしてきたのだ。
また失敗した。

《――スキル『巻き戻し』が発動します》
《対象個体の感情値が一定を超えました。個体の安定性を保つため記憶消去を実行します》

失敗した。

《――スキル『巻き戻し』が発動します》
《対象個体の感情値が一定を超えました。個体の安定性を保つため記憶消去を実行します》

失敗した。

失敗した。

失敗した。

失敗した。失敗した。失敗した。

失敗した。失敗した。失敗した。失敗した。失敗した。失敗した。失敗した。

何度も、何度も、何度も、何度も、何度も、何度も、何度も、何度も、何度も、何度も、何度も、何度も、何度も、何度も、何度も、何度も、何度も、何度も、何度も、何度も。

ループを繰り返すうちに、私の心はすり減っていった。

何のために頑張っているのか。それすらも曖昧《あいまい》になってきた。

頑張ったら報われる？　そんなのは幻想だ。この世界にはどうにもならない理不尽がいくらでもある。

いつの頃からか、私の考えは変わっていた。

――もう頑張るだけでいいのではないか？

諦めたくはない。でも結果は求めない。

このループはきっと失敗する限り何度でも繰り返される。

じゃあ、失敗するためにただ頑張っていよう。努力が報われなくてもいい。何度でも彼らとのあの日々を繰り返すだけでいいじゃないか。彼らとの交流はこのループの中で唯一の救いだった。初めて会ったふりをして、初めて交流を深めていくようなふりをして、そして最後はまた繰り返す。

もうそれだけでいいと、そう思い始めていた矢先にカズトたちは成功した。

成功して――またアレが現れてしまった。

どうして忘れていたんだろう。バキバキに折れそうな心をなんとか繋《つな》ぎとめて、私は次のループに臨んだ。

『……も、もしかして覚えているん、ですか……？　アナタも？』

多分、頑張れたのはカズトが覚えていたからだろう。今までになかったイレギュラーに私の心は躍った。

ひょっとしたら今度こそ、このループを終わらせられるのかもしれない。彼らと一緒にこの世界を救う事ができるのかもしれない。

そんな淡い期待がどうしようもなく膨らんで私の心をいっぱいに満たしてくれた。

そして――また失敗した。

破獣によって、カズトたちは潰《つぶ》されて死んだ。

飛び散った肉片が頬《ほお》をかすめた。多分、その時に私の心は完全に壊れたのだろう。

《――スキル『巻き戻し』が発動します》

《対象個体の感情値が一定を超えました。個体の安定性を保つため記憶消去を実行》
《対象個体の強い拒絶を確認》
《スキル『巻き戻し』の対象を任意個体へと譲渡》
《『早熟』の保有者を『巻き戻し』の対象に認定》
《対象個体の変更によりエネルギー供給にエラー発生。巻き戻しの再発動は不可能になります》

そして私は全てを忘れて閉じこもった。これが私の記憶。これまでの経緯の全て。

カズトの言う通りだ。

私は彼らを導いてるつもりで、別の目的のために動いていたのだ。

ただ頑張るだけのために。無駄に終わるこのループを繰り返すために、私は彼らを騙《だま》していたのだ。

「――騙してなんかいません。リベルさんは俺《おれ》たちを導いてくれた。俺たちの世界を本気で救おうとしてくれた。その気持ちは決して嘘《うそ》なんかじゃないはずだ」

全てを思い出し、目を開いた私にカズトはそう言った。

第四章　選ぶべき未知

リベルさんは泣きそうな顔をしていた。

だから俺《おれ》はリベルさんの手を握り、自分の気持ちをはっきりと告げた。

「騙《だま》してなんかいません。リベルさんは俺たちを導いてくれた。俺たちの世界を本気で救おうとしてくれた。その気持ちは決して嘘《うそ》なんかじゃないはずだ」

「……カズト」

リベルさんは大きくため息をつく。

「記憶は戻ったんですね？」

「ええ、何もかも思い出したわ。なんで忘れていたのか、その理由も……思い出した」

不意に、リベルさんは砂浜に大の字になって倒れ込んだ。

「……カズト、アンタ欲張り過ぎ」

「え？」

「記憶を失ったままの私の方がアンタたちにとって都合がよかったはずでしょう？　私の記憶を見たなら尚更、私に記憶を戻すメリットなんてない。なのにアンタは私に記憶を戻した」

「……はい」

「これが最後のループなのよ？　記憶を取り戻した私がやけになるとは考えなかった？」

「まあ、その……そのために一回本気で戦いましたから」

「そうだったわね……」

『おい、そんな風に項垂《うなだ》れるな。見てるこっちが気がめいるわ』

ペチンと、海王様がリベルを軽く叩《たた》く。

「……痛い」

『近くにいたせいか、我にも少しだけ記憶が流れてきた。どのループでも彼らは折れなかったな。お前と違って』

「だってループしてる彼らと私とじゃ立場も状況も違うでしょ」

『カズトは折れてはおらんぞ？　お前と同じように何度も繰り返しているにもかかわらずな』

「それは……まだ、三回くらいだし」

『回数の問題か？　違うだろう？』

「……うっさい。分かってるわよ。最初から……分かってたもん」

リベルさんは癇癪《かんしやく》を起こした子供みたいにごろんと寝転がる。

「……ねえ、カズト」

「なんですか？」

「……できるのかな？　異世界の残滓《ざんし》もカオス・フロンティアの問題も、全部片付けて、今度こそ失敗しないで報われることが……できると思う？」

「……少なくとも俺は、頑張ってもダメだったなんて結果は絶対に嫌ですね」

「私だって嫌よ」

「頑張るためだけに頑張るのも嫌です」

「……私だって嫌……」

「じゃあ、今度こそ報われなきゃいけませんね。頑張った成果を、俺たちと一緒に摑《つか》みとりましょう」

「……そうね」

俺の差し出す手をリベルさんは握り返した。

最後のループの本当のスタートラインに立てた気がした。


そしてその夜――。

「ふぅーん。それでサヤちゃんや五十嵐《いがらし》会長の水着姿を堪能《たんのう》したって訳ですか。そうですか、そうですか。それはさぞ楽しかったでしょうね」

「いや、ですから奈津《なつ》さん……」

「やっぱりカズトさんはハーレム主人公だったんですね。失望しました。もう本当に失望しました。もうこんなパーティーやってられません。カズトさん、アナタをパーティーから追放します。もう巨乳でもロリでも好きなところに行けばいいじゃないですか。私はモモちゃんたちとよろしくやりますから。今までありがとうございました」

「なんで俺が追放されるんですか！　嫌ですよ！　絶対にモモたちは渡しません！　絶対にで

す！」

「良かったですね、今流行の追放系主人公になれますよ」

「奈津さん、機嫌直してくださいよ……」

「ふぅーんだ」

事の経緯を聞いた奈津さんの機嫌を戻すのにめっちゃ苦労した。

「いやぁ……見ていてほっこりするね、ニッシー」

「……その感想はどうかと思うぞ、六花《りっか》……」

そんな俺たちを六花ちゃんは部屋の隅でニマニマと見つめていた。

●

次の日、俺はのんびりと『安全地帯』の中を散歩していた。

「たまにはこうしてのんびり歩くのもいいなぁ……」

特に目的もなく歩いているという訳でもない。臨界者に進化したての状態でリベルさんと戦った反動なのか、体の調子がまだ戻らないのだ。海王様から貰《もら》ったトロピカルなジュースで傷や体力は癒《い》えているとはいえ、なんとももどかしい。

リベルさんも今日は休んでいる。俺と同じくまだ調子が戻らないのだ。

という訳で、今日の訓練は中止となり、久しぶりの全員お休みの日となった。

日ごろの訓練から解放されたのがよほど嬉《うれ》しかったのか、皆思い思いに休暇を過ごしている。

「……といっても、残滓とカオス・フロンティアについても考えないといけないんだけどな……」

リベルさんの記憶から見ても、残滓の方は俺たちがこのまま順当に強くなれば何とかなるだろう。

だがカオス・フロンティアに対しての決定的な対策はまだ見つかっていない。

封印するという方法もカオス・フロンティア自身に否定されちゃったし……。

「どうしたもんかな……」

のんびりしつつ、カオス・フロンティアの対策を考えつつ、ぶらぶらと歩いていると、サヤちゃんたちを見つけた。

昨日といい、ここ最近は話をする機会が増えたな。

「あ、カズ兄《にい》、どうしたの？」

「ん？　サヤちゃんじゃないか。そっちこそ、何してんだ？」

「なにって、皆でのんびり遊んでるの。一応、連携の訓練も兼ねて。ほら、皆。挨拶《あいさつ》して」

「シャー♪」『キシッ』『ゴルル』『モォーゥ」

サヤちゃんの後ろに控えていたモンスターたちが俺の前で声を上げる。

今回のループでサヤちゃんが仲間にしたネームドは全部で四体。蛇と蜘蛛《くも》、それに蝙蝠《こうもり》と角牛だ。

それぞれ名前が、蜘蛛がファーデン、蝙蝠のヴェーレ、蛇のシュメルツ、角牛のホルンというらしい。

今までのループでは仲間にできたのは蜘蛛と蛇のネームドだけだった。

しかし今回のループではあや姉《ねえ》や河滝《かわたき》さんを更に早い時期に仲間にした。

その結果、本来であれば『倒されていた』ネームドを仲間にする事ができたのである。それが蝙蝠と角牛のネームドである。

「それにしても……でっかいな」

「うん、可愛《かわい》いでしょ？」

「……そ、そうか？」

蛇なんてリベルさんの召喚するリヴァイアサン並みのサイズだし、角牛もベヒモスみたいなサイズになってるぞ？　一応、サイズは自在に変えられるらしいけど……。

「圧が凄《すご》い」

「そうかな？」

サヤちゃんは気付いてないけど、後ろのモンスターたちずっと俺にガン飛ばしてるよ。

何でコイツら、俺の事をこんなに敵視してるの？

ひょっとしてあれか？

俺がコイツらのご主人のサヤちゃんと仲良くしてるのが気に食わないとか？

俺は試しにサヤちゃんの頭を撫《な》でてみる。

「ひゃっ……カズ兄、いきなり何するの？　ふわぁぁ……」

サヤちゃんは頭を撫でられて気持ちよさそうに目を細める。

「キシッ……！」「シャァァァ……ッ！」「ゴルルッ！」「ブモォゥゥ……」

ネームドたちの殺意が増した。

うん、これ確定だ。コイツら、揃《そろ》いも揃ってサヤちゃんが大好きなのだ。

まあ、主人への忠誠心が高いのは悪い事じゃないか。俺はサヤちゃんの頭から手を離す。

「あ……」

サヤちゃんがどこか名残惜しそうに声を上げる。

「ギッシャァ……！」「ジャァァ……ッ！」「ゴルルルルッ！」「ブモォォォオオッ！」

サヤちゃんの悲しそうな表情を見てネームドたちの殺意が更に増した。……いや、どないせいっちゅうねん。

「……懐《なつ》かれてるなぁ。それにしてもコイツらずいぶんと強くなったみたいだね」

「うん。今日の訓練でファーちゃんとホル君が進化したんだ」

「シャー♪」「モォーゥ♪」

蜘蛛のモンスターと、角牛のモンスターが嬉しそうに声を上げる。

この短期間で進化するなんてネームドはやはりレベルアップするペースも早い。

「しかし四体もネームドを仲間にしてサヤちゃん、本当に体調は大丈夫か？」

何度も確認したが『魔物使い』はリスクの高い職業だ。モンスターのレベルが高くなれば高くなるほど反逆されるリスクが高まる。

「んー……？　うん、大丈夫だと思うよ。割と皆仲良くやってるし。ね、皆」

「シャー♪」「キシッ」「ゴルル」「モォーゥ」

サヤちゃんの言葉に、四体のモンスターは本当に嬉しそうに返事をする。

「……昔から動物によく懐かれる子でしたが、まさかモンスターにも懐かれるとは思いませんでしたよ」

「あ、五十嵐さん。いたんですね」

「さっきからいましたよ！　あ、こら、シュー！　体に巻きつくんじゃありません！　ホルンも、どこを舐《な》めてるんですか！」

「シャー♪　シャー、シャー」「ンモォォオウ～♪」

蛇のシュメルツと角牛のホルンはどうやら五十嵐さんにも懐いているらしく、結構スキンシップが多い。うわ、すっげ。蛇が巻きついて胸がすっごい形になってる。

「あはは。とお姉、モテモテだね」

「サヤちゃん！　見てないで助けて！」

「はーい。皆、影に戻ってね」

サヤちゃんの言葉に従い、四体のネームドは彼女の影に入ってゆく。代わりに出てきたのはクロだ。

「ワンッ」

「ハァハァ……酷《ひど》い目に遭いました」

お疲れ様です。

「もうすぐ私もＪＰ《ジョブポイント》が溜《た》まって上級職になれそうなんだ。頑張るよ」

「魔物使いの上級職か……。俺の方でも調べておくから、レベル上がったらまた教えてくれ」

「うん、分かった」

俺はサヤちゃんたちと分かれて、散歩を再開した。

●

再び『安全地帯』の中を散歩していると、今度は上杉《うえすぎ》市長を見つけた。

「おや、クドウ君じゃないか。久しぶりだな」

「お久しぶりです、上杉市長」

そういえば、この人と一対一で話すのも久しぶりだな。上杉市長は上半身裸で木刀を持っていた。

素振りでもしていたのか。それにしても年齢に似つかわしくないガタイの良さだ。

「素振りの練習ですか」

「……ああ。体が鈍らんようにな。世界がこうなる前は毎日の日課だった。先に済ませておこうと思ってな。ふぅー……」

かなり汗をかいている。長時間やっていたようだ。

「お疲れ様です。良かったら使って下さい」

俺はアイテムボックスからタオルを取り出し渡す。アイテムボックスのスキル保有者も増えてきた今、もう隠す理由もないからな。

「ありがとう」

上杉市長はタオルを受け取ると、汗をぬぐう。ふぅと息を吐くと、己《おのれ》の手を見つめる。

「……自分でも分かってはいるのだがな。儂《わし》がこうしたところで意味などない事を……」

「それは……そんな事はないでしょう？　上杉市長のスキルが無ければ、俺たちの生活は成り立ちません。自分を卑下《ひげ》なさらないで下さい」

上杉市長の『町づくり』は未《いま》だに他《ほか》のスキル保有者が現れないほどのレアスキルだ。モンスターが入って来られない『安全地帯』を創りだすなんて他の誰にもできない。唯一、海王様なら同じような結界を創りだす事ができるかもしれないが、逆に言えばそれだけ希少なのだ。

「皆を守るか、皆と共に戦うか。上杉市長は守る方を選んだだけです」

それでもきっと上杉市長は心のどこかで考えているのだろう。自分も一緒に戦いたかったと。

ただ皆の無事を祈り、待つだけというのも辛《つら》いのだろう。

「はは、そうだな。その通りだ。すまんな。らしくもない事を言ってしまった」

「別に構いませんよ。誰だって愚痴を言いたい時はありますから」

「お詫《わ》びに、君も悩みがあればいつでも相談に乗ろう。サヤちゃんや十香《とおか》との関係でもなんでもいいぞ？」

「何故《なぜ》そこで二人の名前が？」

「……なるほど、まだその段階か……。あの二人も苦労するのぅ」

一体何の事だろうか？

「おや、クドウ君じゃないか？　君も来てたのか？」

「あれ？　河滝さん？　それに下条さんや蠣崎《かきざき》さんも。君もって何です？」

考えていると、河滝さんのグループがやって来た。

「何でも何も、私たちは上杉市長に剣道を習いに来たんだよ。てっきり君もそうなのかと思ったけど違ったの？」

「え、剣道を？」

「そうだよ。スキル以外の技術も覚えておいて損はないからね。現に上杉市長に習ってから、リベルさんとの訓練で使える戦術も増えたんだ」

「そうだったんですか……」

それでようやく俺は、上杉市長がさっき言ってた意味が分かった。河滝さんらが来るから、先に素振りを済ませたって意味だったのか。

「上杉市長の剣技は素晴らしいよ。あやめさんも言っていたよ。もし上杉市長が剣士の職業についてたら剣聖はきっと自分じゃなく上杉市長がなってたって」

「はは、おだてても何もでんよ。さて、それじゃあ始めようか。クドウ君はどうする？　交ざるかい？」

「……それじゃあ、せっかくなのでお言葉に甘えて」

俺も上杉市長のご厚意に甘えて剣道を習った。

そういえば、サヤちゃんや五十嵐さんに剣道を教えたのもこの人なんだっけ？

サヤちゃんはちょいちょいサボッて俺の家に遊びに来てたけど、五十嵐さんは全国大会で三位になるくらいに強くなったらしい。

……俺も引越しをしてなければ、この人に教わっていたかもしれないな。

そんな事を考えながら、俺はしばし上杉市長や河滝さんらと剣道の練習に勤《いそ》しむのであった。

●

剣道の練習を終えた後、俺は再び『安全地帯』の中を歩いていた。

「……上杉市長も凄かったけど、河滝さんめっちゃ強かったな……」

まったくスキルを使わない純粋な剣技じゃ俺よりも上かもしれない。河滝さんだけ異常に上達速度がいいらしいけど、ひょっとしたら『強奪』の副次効果とかなのかな？　相手の技術を目で見て盗む。……字面《じづら》だけだとなんかの職人の弟子の文句だな。

「……おや、あれは……？」

しばらく歩いていると、今度は奈津さんを見つけた。氷見《ひみ》さんも一緒だ。

二人で建物の隅でなにやらコソコソ作業をしている。

「──……で、これがこうなって……」

「ほほう……なるほど。それはいいですね。ふひひ、奈津殿は素晴らしい発想をお持ちですぞ。流石《さすが》、我が同志です」

「え、そ、そうかな……？　えへへ」

……一体何をしているのだろうか？

よーく目を凝らさないと、二人の姿に気付けない。多分、奈津さんの『認識阻害』に加えて、氷見さんの『断絶』で結界みたいなのを張ってるんだろう。なんという対コミュニケーション拒絶防壁。絶対に人と話したくないという気持ちが溢《あふ》れかえってる。

「まあ、でも話しかけるけど。なにしてるんですか？」

「ひゃんっ⁉」

「ふひぃっ⁉」

おお、流石似た者同士。リアクションまでそっくりだ。

「え、あ、ク、カズトさん⁉　なんでここに？」

「散歩していたらたまたまお二人を見かけまして。何をしているのかなーと」

「ふ、ふひひ……流石、クドウ氏。我々のような陰の者にも積極的に話しかけてくる姿勢。……嫌いじゃないです」

そう言いつつも、奈津さんの後ろに隠れる氷見さんである。

それにしても河滝さんといい、氷見さんといい、なんだかんだ皆、それぞれ打ち解けてるみたいで安心した。

「えーっと、壊れた武器の再利用ができないか試してたんですよ」

「ふひひ……我が『上級工作兵』と奈津氏の『武器職人』を合わせれば作れないモノなど皆無……」

「へぇー、なるほど、武器のリサイクルですか……」

見れば壊れた武器――破城杭や過去の奈津さんの武器などが並んでいた。

「もったいないですからね。一応、これは壊れたり余った部品で作った新しい武器です」

奈津さんは俺にでかいしゃもじみたいな武器を手渡してくる。……これ、どう使うの？

「叩けば叩くほど相手の耐久力を下げる効果があります。あと先っちょからビームが出ます」

「なにそれすごい」

「あとこれもいい感じにできたと思います」

次に手渡してきたのは大きなウニみたいなボールだ。

「使用者の思った通りに動くんです。衝撃を受けると針が飛び出す仕組みです。針が無くなったら、空いた穴からビームが出ます」

「なにそれすごい」

どちらも見た目はともかく性能は凄そうだ。あとビーム好きですね。

「よくまあ、こんなものをジャンクパーツで作り上げましたね」

素直に感心してしまう。武器の形状といい、性能といい、発想といい、俺じゃ絶対無理だ。

「えへへ……。氷見さんのおかげですよ。話してると色んな発想が湧《わ》いてくるんです」

「……我こそ奈津氏のネームセンスやロマンを追い求める姿勢には感服するばかり。……嫌いじゃないです」

奈津さんと氷見さんはお互いを認め合い、ハイタッチをする。

俺も見習わないとな。それにしても、壊れた武器の再利用か……。

「……あ」

ふと、俺の中にある考えが浮かぶ。そうか、その手があったかもしれない。

「どうしたんですか、カズトさん？」

「ど、どうしたクドウ氏……？」

ガシッと俺は二人の手を握りしめる。

「ふぇ⁉」

「は、はひっ⁉」

「二人ともありがとうございます！　ひょっとしたら何とかなるかもしれませんっ」

なにやらぼーっとする二人に手を振って、俺は走り出した。

これが上手《うま》くいけば最後の問題を――カオス・フロンティアをどうにかできるかもしれない。

ついでにあの二つのスキルも試すチャンスだ。

●

二つのスキルとは勿論《もちろん》、『臨界者』に進化した時に取得したスキルの事だ。

『臨界干渉』と『管理者権限』。

臨界干渉はこの世界に、管理者権限はシステムにそれぞれ干渉することができるスキルだ。

臨界ってついてるけど原子とか核分裂とかとはまったく関係ない。……世界に干渉するって意味では同じなのか？　そういう専門知識に関しては俺もよく分からんのでスルーしよう。

「さっそく使ってみたいけど……どうやって使えばいいんだ？」

忍術とかアイテムボックスみたいに頭の中で念じてみるが特に何も起きない。

ステータスプレートを開いてみてもそれらしい項目はない。

「……管理者権限だし、こうぱっとシステム側に行けるとかじゃないのか？」

すると次の瞬間、景色が切り替わった。

無数の歯車と光線が行き交う空間。

カオス・フロンティア中央サーバーが目の前に広がっていた。

「……来れた？」

そういえば自分の意思でここに来たのは初めてかもしれない。

周囲を見回すと、少し離れたところにユキを見つけた。

のんびりとお菓子を食べながら寝そべっている。こっちには気付いてないな。

「…………」

なんとなく。そう、なんとなーく俺は気配を殺して、そろりそろりとユキに近づく。

別に驚かせたいわけじゃないけど、すぅーっと息を吸って口元に両手を添えて——。

「わっ」

「きゃぅ!?」

反応は劇的であった。

ユキは陸に上がった魚みたいにビクンと飛び跳ねると、そのままバランスを崩して転んだ。

うーむ、気持ちのいい驚きっぷりである。

「いてて……今のは一体なに――え……？」

ユキは俺に気付くと、目を丸くした。

「…………………………カズト？」

「めっちゃ間があったな」

たっぷり十秒くらい間があった。

まるで幽霊でも見たかのような反応《リアクション》である。ちょっと傷付くぞ？　いや、驚かせた俺が言うのもおかしいけどさ。

「え、いや……は……？　な、なん、なんでここにいるの？」

「なんでってそりゃあ『管理者権限』ってのを使ったんだよ」

ユキはようやく合点《がてん》がいったと頷《うなず》いた。

「そういえばアナタ、臨界者に進化してたわね。すっかり忘れてたわ」

「忘れるなよ、システム側の存在がさ」

「ふんっ。別に驚いてなんていないわよ？　……本当よ？」

今更強がってももう遅いって。

「で、何をしに来たの？　まさか何の用事もなく来たわけじゃないでしょ？」

「いや、ちょっと相談したいことがあってな。そのついでに『管理者権限』と『臨界干渉』を試してみようかと思って」

「ついでって……。近所に遊びに来る子供じゃあるまいし、そんな理由でここへ来たのはアナタが初めてよ」

でしょうね。

というか、お前がそういう例えをするのが意外だよ。

「そもそもここへ来られる者自体少ないけどね。アナタ以外だとあのスケルトンくらいかしら。三矢華《さやか》やあやめ辺りは素質はありそうだけど、まだまだ開花はしないでしょうし」

ふーん、そういえば以前もユキはサヤちゃんには注目してたな。サヤちゃんとあや姉もシステム関連のスキルを手に入れられる可能性があるのか。

「ところで、相談の前にちょっと聞きたいんだけどさ。この『臨界干渉』ってどう使えばいいんだ？　他のスキルと違って使い方が分からないんだ」

「それはそうでしょうね。それはコッチ側で使うスキルよ。頭の中で念じてみなさい。今度は使い方が分かるはずよ」

「……あ、本当だ」

ユキに言われて、頭の中で念じてみたら使い方が分かった。

「こっち側に来ないと使えないスキルもあるんだな」

「かなり数は少ないけどね。私がアナタに使った『クエスト』やアロガンツの『契約』もこっちでしか使えないスキルよ。正確には『契約』はこっちでも向こうでもどちらでも使えるスキルって言うべきかしら」

「そうだったのか。んじゃ、さっそく使ってみるか」

『臨界干渉』は俺たちがいる世界とは別の次元に干渉するスキルのようだ。理屈はよく分からないし、一体どんな効果なのかも分からないが、ともかく使ってみない事には始まらない。

俺は『臨界干渉』を発動させる。

《――ザザ――ザザザザザ――ザザザザザ……》

頭の中にノイズ音が流れる。

カオス・フロンティアが出現する時に聞いたノイズ音に似ている。

……繋《つな》がらないのか？　俺は他のチャンネルに切り替えるようなイメージをする。

すると今度はどこかに『繋がった』感覚があった。

《――お？　これは……ひょっとして繋がったのか……？　信じられないな。こんな事が起きるなんて》

すると頭の中に声が響いた。

「え、ちょっと待て。この声って……」

その声に、俺は聞き覚えがあった。『臨界』ってまさかそういう意味だったのか？

《ははは、久しぶりじゃないか、クドウカズト》

その声の主に、俺はしばしの間呆然《ぼうぜん》とするのであった。

さて、『臨界干渉』の効果が判明したので、いよいよ次が本題だ。

「それで、一体何を思いついたの？　そろそろ話してくれてもいいんじゃない？」

ユキは待ちくたびれたのか、さっさと話せと催促してくる。

「ごめんって。思った以上に『臨界干渉』が凄いスキルだったからさ……」

まさかあんな事ができるなんて思ってもみなかった。流石、最上位種族のスキルとでも言うべきか。おかげで予想外の戦力を得られそうだ。

「ああ、実はな——……あ」

俺はユキに先ほどの考えを話そうとして、ふと思いとどまる。

「どうしたの？」

「ユキ、ちょっと先に確認したいんだけど、俺がお前に何か話した場合、それがカオス・フロンティアに漏《も》れたり伝わる可能性ってあるか？」

「……？　あり得ないと思うわよ？　あの子、思った以上にポンコツだし。どうしたの急に？」

「いや、それも含めてちょっと気になってたからさ。今回で判明したループの影響とかも含めてなんだけど……」

まあ、可能性の話をすればキリが無いし、どの道、ユキの協力は不可欠だ。ていうか、ポンコツって酷いな。でもその理由も、俺が考えてる通りならある意味同情するけど。

「実は——」

俺はユキに考えついた事を話す。ついでにあの黒い少女やリベルさんの記憶や巻き戻しの影響について俺の考えた仮説も全て話した。

全てを聞き終えた後、ユキは呆然としていた。

「……よく思いついたわね、そんな事」

「色々考えた結果だよ。というよりもカオス・フロンティアをどうにかするには多分、それ以外にないと思う」

異世界の残滓、そしてカオス・フロンティア。この二つの難題を解決する方法。

「……でもそれはあまりに傲慢《ごうまん》よ。システムですら完璧《かんぺき》じゃないのに、たかが人間如《ごと》きにそんな事ができるわけないじゃない」

「傲慢か……。そういえば、アイツもある意味、そんな夢想家だったな」

……アロガンツ。アイツもモンスターでありながら、この世界を元に戻し、元の世界に帰る事を望んでいた変わり者だった。

「んで、ユキ。さっきの話だけど、どうなんだ？　できるのか？　できないのか？」

「……」

ユキは口に手を当てて考え込む。

「……普通に考えれば不可能だわ。でも……もし仮にアナタの推測が正しかった場合、できるかもしれない。……確かにそれならば、私が彼女の記憶を見つけられた事も納得ができる」

まあ、あれが決定打だったからな。

「そうか。良かった」

「あくまで『かもしれない』よ。できない可能性の方がずっと大きい。それにもし失敗すればどうなるか分かっているでしょう?」

「ああ、分かってるよ。でもやってみる価値はあると思う」

ユキは大きくため息をついた。俺の考えに呆《あき》れ果てているようだ。

でもやってみる価値はある。


「――世界を創るんだ。この世界とは別のもう一つのまったく新しい世界を」

幕間 ■■エ■・■ー■■■■ッ

《――アクセス――アクセス――ザザザ――成功》

《カオス・フロンティア予想数値にて覚醒《かくせい》中》

《全て規定範囲。続いて特定固有スキル保有者の現状を補足。――成功》

《固有スキル『早熟』の保有者　規定数値クリア。また所有者は『管理者権限』及び『臨界干渉』も取得。共に規定数値クリア。可能性を計測中》

《固有スキル『共鳴』の保有者　規定数値クリア。所有者はイレギュラースキル『犬王』を取得。但《ただ》しこれは海王の介入によるものであり規定値に依存。新たな六王スキルへの申請を継続》

《固有スキル『検索』の保有者　規定数値をクリア》

《固有スキル『合成』　条件を満たす個体無し。引き続き観測を継続》

《固有スキル『変換』の保有者　規定値をクリア》

《五大スキル達成率　目標値をクリア》

《固有スキル『竜王』　条件を満たす個体無し。但し限定条件下にて同等のスキル保有者が顕現。この場合、規定値をクリア》

《固有スキル『狼王《ろうおう》』　条件を満たす個体無し。

但し限定条件下にて同等のスキル保有者が顕現。この場合、規定値をクリア》
《固有スキル『死王』の保有者　規定値をクリア》
《固有スキル『海王』の保有者　規定値をクリア》
《固有スキル『幻王』条件を満たす個体無し》
《固有スキル『鳥王』条件を満たす個体無し》
《六王スキル達成率　目標値をクリアならず。但し特定条件下にて目標値達成が可能》
《固有スキル『強欲』の保有者　規定値をクリア》
《固有スキル『暴食』の保有者　現在覚醒中》
《固有スキル『嫉妬《しっと》』の保有者　規定値をクリア》
《固有スキル『傲慢《ごうまん》』条件を満たす個体無し。但し限定条件下にて同等のスキル保有者が顕現》
《固有スキル『怠惰』条件を満たす個体無し。引き続き観測を継続》
《固有スキル『色欲』の保有者　規定値をクリア》
《固有スキル『憤怒』条件を満たす個体無し。引き続き観測を継続》
《七大スキル達成率　目標値をクリア》
《その他固有スキル保有者覚醒を継続。三界スキルは発現せず》
《カオス・フロンティア拡張と因子の継続を――ザザ――うん、もう大丈夫だね》
《さあ、全ての準備は整った。英雄たちよ。その可能性を世界に示せ》

第五章　最終決戦

俺《おれ》の言葉にユキは呆《あき》れたように額《ひたい》に手を当ててため息をついた。

「前から思っていたけど、アナタって本当にとんでもない事を思いつくわね……。世界を創るなんて、口では簡単に言えるけど、実際には不可能に近いわよ？」

「分かってるよ。世界を創るって言っても別に俺たちの世界やリベルさんがいた世界みたいな感じじゃなくていいんだ。あくまでカオス・フロンティアの攻撃対象になるだけの張りぼての世界で十分なんだよ」

「……滅びの対象をこの世界から、新しい世界に移すってことよね？　そう簡単にできるとは思えないけど……」

「でもそれ以外に方法はないと思う」

あの黒い少女が見せた映像では、カオス・フロンティアは一度世界を滅ぼせば、その役割を終えて崩壊していた。アイツが世界を滅ぼせるのは一回だけなんだ。何度も滅ぼす事はしない。

「エネルギーの問題もあるわ。仮に新しい世界を創るとしたら莫大《ばくだい》なエネルギーが必要になる。それこそこの世界全てに匹敵《ひってき》するような莫大なエネルギーが」

「それについては当てがある。異世界の残滓《ざんし》を使えないか？」

「異世界の残滓を……？」

「そうだ。あれって要は二つの世界が融合した際の余剰分なんだろ？　だったらエネルギーとして代用できるはずだ」

これは奈津《なつ》さんや氷見《ひみ》さんの会話を聞いて思いついた事だ。エネルギーの再利用。使えるモノは何だって使う。

ユキは感心したように頷《うなず》いた。

「……確かにエネルギーとしては使えるわね。でも簡単にはいかないわよ？　おそらく異世界の残滓は素直に従わない。必ず抵抗する」

「分かってる。だからまずリベルさんに残滓を召喚してもらい、俺たちで一度倒す。その後でもう一度、エネルギー源として回収するんだ」

ユキはふむ、と頷く。

「……確かにエネルギーを残滓で代用し、臨界干渉やシステム権限を使って仮の次元を創りだせればあるいは……。カズトの予想が正しければ、おそらくシステム内部に既《すで》に準備は――……」

ユキはブツブツと独り言を呟《つぶや》くように考えを纏《まと》めていく。

ややあって、俺の方を見た。

「……分かったわ。『世界を創るスキル』を私が用意してみせる。使うのはカズト、アナタよ」

「ああ」

ただし、とユキは告げる。

「二つ、懸念があるわ。一つ目は時間。何せハリボテとはいえ世界を創るんだからね。どれだけ時間がかかるか分からないわ。その間、アナタたちでカオス・フロンティアを抑えなきゃいけないわよ？」

「……分かった。もう一つは？」

「……これは懸念ではなく、確信に近いのだけど。カズト、このスキルを使えばおそらくアナタは——」

ユキはもう一つの懸念を話す。

「……そっか。ならそれでも構わない」

「……いいの？」

「世界を創るんだ。それくらいならリスクのうちに入らないよ」

「分かった。じゃあ、今から作業に移るわ。多分、決戦ギリギリまではそっちに顔は出せないと思う」

「了解した。俺も戻ったらリベルさんにも相談してみる。他《ほか》の皆にも意見を——」

「それは止《や》めた方がいいわね。相談するならリベルだけにしておいた方がいいわ」

ユキは俺の言葉を遮《さえぎ》るように否定した。

「え、どうしてだ？」

「異世界の残滓の『対策』が未知数だからよ。前回は一度戦った事で、アナタたちの戦術を分析して対策をしてきたんでしょ？　カオス・フロンティアがループの事を覚えていた事といい、今回のループは異常な点が多すぎるわ。最悪、異世界の残滓も『記憶』を引き継いでる可能性も考慮して行動すべきだわ」

「あ……」

そうか、確かにその可能性はある。巻き戻しの影響は敵味方問わず発生していた。異世界の残滓にも影響を与えている可能性は高い。

「あと『管理者権限』と『臨界干渉』。この二つのスキルも決戦までは使用しない方がいいでしょうね。世界への影響力が大き過ぎる。どんな影響が出るか分からないもの」

「……分かった。ぶっつけ本番だが、何とかしてみる。そっちも頼んだぞ？」

「……期待はしないでよ？　リベルと話して、他の方法もないか考えておきなさい」

「分かってるよ。それじゃあな」

俺はユキに別れを告げて、システムを後にした。

●

——カズトが去った後の中央サーバーにて。

カオス・フロンティアがユキの前に現れていた。

「何か企《たくら》み事ですか？」

「あら？　聞いていたの？　いや、聞こえなかったでしょう？　私のジャミングは少なくとも今のアナタより上だものね」

ユキの言葉に、カオス・フロンティアは苦々しい顔になる。

「ッ……別にアナタたちがどんな企み事を考えようとも無意味ですよ。許しを乞うなら今のうちですよ？　方舟《はこぶね》はまだ用意できますからね」

「要らないわよ。彼に提案してもきっと同じように断るだろうから、私が先に断っておいてあげる。というか、私はこれから忙しいのよ。邪魔しないでくれる？」

「ふんっ……」

ぷいっとそっぽを向くカオス・フロンティアを見て、ユキはカズトの予想が当たっていたのではないかと思い始めた。

「……ねえ、そういえば一つ気になった事があるんだけど」

「なんでしょうか？」

「どうして彼に接触を図ったの？」

彼とは勿論《もちろん》、クドウカズトの事だ。

「彼だけじゃない。私やリベルもそうよ。これまでのループでアナタは世界に顕現するまで私たちに一切《いっさい》接触してこなかった。なのにどうして今回に限ってこんなイレギュラーな行動をしたのかしら？」

「……それはおかしなことなのでしょうか？」

ユキの質問にカオス・フロンティアは首を傾《かし》げる。

「おかしいでしょう。正直に言って、私には未《いま》だにアナタが何を考えてるのか理解できない。滅ぼすという使命だけを優先するならば、私たちに接触する必要はない。アナタが本当に絶対存在であるならば、いえ——ただ『滅ぼすためだけの存在』であるならば、そもそも『意思』がある事すらおかしいのよ」

「…………」

ユキの言葉に、カオス・フロンティアは沈黙する。

答えないのではなく、自分の中でどう答えるべきなのかを探っているようにも見えた。

「では逆に問いますが、何故《なぜ》アナタには人格が与えられているのですか？」

「私はシステムのアシストだけでなく、特定の固有スキルの保有者やネームドモンスターの動向も調べる役目がある。そのために、必要であれば彼らに接触し、介入することが求められているわ。そのために疑似的な人格を与えられたのだけど、どういうわけか、今でははっきりとした自我を確立しちゃったのよね」

「……」

ユキがハッキリと己《おのれ》を認識したのは、やはりあのキャンプ場での一件以来だろう。

あの時、彼女はシステム側の存在でありながら、はっきりと『生きたい』と望んだ。

ただ与えられた役割を全《まっと》うするためだけの存在ではなくなってしまった。

それはシステム側にとっては明らかなイレギュラーだ。本来であれば早々にシステムによって強制的に消滅《アンインストール》させられるか、更生させられるはずなのだが、それは今もって行われていない。

という事は、『ユキ』という存在はシステムにとって必要であると認識されているのだ。

「ではそれがきっと私の答えです。カオス・フロンティアは必要だからこそ、私を生み出し、アナタたちに接触させた。その理由は私が考えるべき事でありませんし、私にとってはどうでもいい事です」

「……なるほどね」

カオス・フロンティアの答えに、ユキはどこか納得がいったように頷く。

「納得して頂けましたか？」

「ええ、理解したわ。やっぱり彼の予想が正しかった。……哀れね」

少しだけユキは目の前の存在に同情的な視線を向ける。

その意味がカオス・フロンティアには――黒い少女には理解できなかった。

ユキは告げる。目の前の黒い少女にとって、あまりにも衝撃的な一言を。

「――アナタはカオス・フロンティアじゃない。私と同じシステムによって創られた存在よ」

●

――時間が経《た》つのはあっという間だ。

あれからリベルさんと話し合いや、訓練を重ね、気付けばもう異世界の残滓との決戦が目の前に迫っていた。

「いよいよですね……」

奈津さんが緊張した面持《おもも》ちで隣に立つ。

……そうだよな。俺にとってはもう三回目でも、彼女にとっては初めてなのだ。

俺は奈津さんの手を握る。

「大丈夫です。絶対に勝ちましょう」

「ッ……はい！」

奈津さんは力強く返事をする。

後ろで六花《りっか》ちゃんからニヤニヤした気配が、五十嵐《いがらし》さんやサヤちゃん、あと何故か氷見さんから妙に不機嫌になる気配が伝わってきたがスルーする事にした。

「それじゃあ、これから異世界の残滓を召喚するわ。順番は最初に伝えたとおり。最初に三体。次に二体。私やスイのコンディション次第だけど、二回目は三時間くらいインターバルをおいて召喚する。異世界の残滓を召喚している最中、私とスイは戦闘に参加できないから注意して頂戴」

「了解です。皆、移動してくれ」

最初の三体は、これまでのループと同じここと北海道と東京にそれぞれ召喚する。

ここに召喚されるのは『忍神』シュリとその従魔であるゴズとメズ。

東京には『炎帝』グレンが、北海道には『水守』オリオンがそれぞれ召喚されるはずだ。

西野《にしの》君のグループとあや姉《ねえ》のグループは東京で『炎帝』グレンを、サヤちゃんたちのグループと河滝《かわたき》さんらのグループは『水守』オリオンをそれぞれ相手をする。

念のため、もう一度ステータスを確認しておこう。

クドウ　カズト
臨界者レベル14
HP8212/8212 MP5602/5602
力2845　耐久2440　敏捷9862
器用9601　魔力1035　対魔力1035
SP0　JP78

職業
忍神LV10、陰の支配者LV10、
断罪僧侶LV10、大召喚者LV10、
死霊術師LV10

固有スキル
早熟、英雄賛歌、勤勉、■■■■

種族固有スキル
神力解放、呪毒無効、下位神眼、
臨界干渉、管理者権限

スキル
超級忍術LV10、超級忍具作成LV10、
落日領域LV10、疾風走破LV10、
上級忍術LV10、ＨＰ変換LV10、
ＭＰ消費削減LV10、忍具作成LV10、
影支配LV10、影の瞳LV10、鋼身LV10、
広範囲探知LV10、破邪LV10、乾坤LV10
反撃LV10、自己再生LV10、大召喚LV10
降霊術LV10、死者再現LV10、
傷口操作LV10、身体能力超向上LV10、
一撃必殺LV10、黒剣術LV10、
高速並列思考LV10、投擲LV10、
無臭LV7、気配遮断LV7、鑑定妨害LV5、
敏捷強化LV8、器用強化LV5、観察LV10、
ＨＰ大自動回復LV7、危機回避LV5、
交渉術LV4、逃走LV4、防衛本能LV2、
アイテムボックスLV10、メールLV5、
一心不乱LV10、未来予知LV10、
騎乗LV4、激怒LV6、属性付与LV10、
ＭＰ自動回復LV10

パーティーメンバー
モモ　犬王LV18
アカ　エンシェント・スカーレットLV19
イチノセ　ナツ　真祖人LV8
キキ　オル・テウメウスLV18
ソラ　エンシェントドラゴンLV34
シロ　白天龍LV19

進化してから上がったレベルは14。

リベルさんが最初のループで行った最大効率、最短ルートでの最大強化。これがその限界値。

無論、俺以外も皆、大幅に強化されている。

奈津さんも、モモも、アカも、キキも、ソラも、シロも。

西野君たちも、あや姉や河滝さんたちも。皆、できる限り限界まで強くなった。

戦力もおそらく今までのループで最大だろう。

サヤちゃんの仲間になったネームド四体もそれぞれ一段階ずつ進化している。

それぞれのスキルの効果は十分に検証済みだし、互いの連携も反射でできるレベルまで鍛え上げた。

リベルさんもスイと連携して異世界の残滓をエネルギーとして回収するように術式を組んでもらった。

(……後は異世界の残滓の『対策』次第か……)

俺たちがこれだけ派手に動いたんだ。

おそらく異世界の残滓は前回のループのように『対策』をしてくるはず。

前回は剣聖ボアの参入と、彼女の位置替えによる破獣の強襲だった。

だが今回はもっと激しい抵抗が予想される。最悪、ユキの言う通り俺のように記憶を持ち越しているという可能性すらあり得るのだ。

(だがそのための『切り札』も用意した)

今回のループだからこそ、巻き戻しの影響が発生し、様々な場所で色濃く反映されたからこそ手に入れることができたとっておきの『切り札』が。

そしてその後に控えているカオス・フロンティアに対する準備も終わった。

(……もっとも、これは皆には話してないけど)

未だユキからの連絡は何もない。ギリギリまで頑張ってくれていると信じている。

……俺の予想が正しければ多分、残滓との戦いが終わるころまでには間に合うと思う。

残る不確定要素は俺自身が持つ新しい『[redacted]』のスキルだけど……。これについてもある程度予想はついている。

まずは目の前の戦いに集中だ。

異世界の残滓たち。これを倒さない事にはどうにもならない。

「じゃあ、皆、お願い。今度こそ――勝って！」

リベルさんが杖《つえ》を掲げると足元に召喚の魔術陣が発生する。同時にスイがリベルさんの頭の上に乗っかる。

『異界固定発動するです！』

次の瞬間、爆発的なエネルギーの高まりと共に、俺たちの前に異世界の残滓たちが召喚された。

●

「……なるほど、そうくるか」

俺は目の前に現れた異世界の残滓を見る。まったく俺と同じ顔、ゲームに出てくるような地味な鎧《よろい》と武器を装備した姿。

「……ランドル」

「久々だな」

現れたのは『忍神』シュリではなく、大英雄ランドルだった。

それだけじゃない。彼の傍《そば》には『二人』の男女がいる。一人は見覚えのある女性だった。長い髪を後ろで束《たば》ね、着物のような衣装を身に纏う武士のような女性。

「……剣聖ボア・レーベンヘルツ」

「覚えていてくれたとは光栄だな」

そしてもう一人は短い黒髪をオールバックにした筋骨隆々の大男。

「俺の方は初めましてだな。『拳王《けんおう》』リアルド・ジャーマンだ。よろしくな」

『拳王』リアルドは笑みを浮かべながら手をひらひらさせる。

「一人じゃなく三人も出てくんのかよ」

「いや、三人じゃねーよ。三人と——一匹だ」

ランドルがそう言った瞬間、背筋に怖気《おぞけ》が走った。

彼の遥《はる》か後方。まばゆいばかりの光と共に巨大な魔術陣が出現する。光が収まるとともに、そこから現れたのは——、

「破獣……！」

モンスターの頂点。最強の獣。二回目のループで俺たちの仲間を蹂躙《じゅうりん》した化け物だ。

やはり異世界の残滓は『対策』を講じてきた。

本来、召喚の主導権はリベルさんにあるはずだ。それを異世界の残滓が主導権を握り、のっけから全戦力を投入した。

「ぐっ……がはっ……」

「リベルさん⁉」

「だい……大丈夫よ……。スイのおかげでなんとか耐えられる。やってくれたわね。まさか私が召喚の主導権を取られるなんて……！」

リベルさんは苦痛にうめきながらも、残滓たちの召喚を維持する。

マスターキーは使用者に凄《すさ》まじい負担を強いる。それに途中で召喚を解除すれば、その反動がリベルさんに襲いかかるのだ。俺たちはこのまま異世界の残滓の全戦力を相手にするしかない。

『おとーさん、大丈夫です。僕がこの人をサポートします』

スイの体が一際《ひときわ》大きくなる。

『各地のトレントたちに協力してもらってこの周囲の『異界固定』をより強固にしてもらいました！』

スイの声に応じて、周囲の木々がざわめき始める。

……まさかあのトレントたちまで俺たちに協力するとはな……。本当に分からないもんだ。

「カズトさん、どうしますか？　破獣がいるんじゃ、私たちだけじゃ無理です。何人か、こっちに戻って来てもらいましょう？」

奈津さんが隣でそう提言してくる。

確かにランドル、剣聖、拳王に加えて、破獣までいるんじゃ俺たちだけじゃ厳しいだろう。

だが――、

「……厳しいですね。東京と北海道から援軍は呼べません」

「え？」

「向こうで召喚された残滓からもかなりの力の圧を感じます。おそらく強化されています」

「その通りだ」

俺の言葉をランドルが肯定する。

「『炎帝』と『水守』には本来『忍神』シュリに割くはずだった力がそれぞれ譲渡されてる。より力を増してるって事だ。そっちからの援軍は期待しない方がいいぜ」

……シュリの力を譲渡している？

俺はその言葉に疑問を抱く。

ならば隣にいる『剣聖』と『拳王』はどっから湧《わ》いて来たというのだ？

いくら異世界の残滓とはいえ、その力の絶対量は決まっているはずだ。

それを賄《まかな》えるとすれば、それは――。

「……やっぱりそういう事だよな」

俺は最後の疑問が氷解する感じがした。

「どうやら俺たちの核は本気でお前らを……いや、クドウカズト。お前を潰《つぶ》すつもりのようだ。お前らの仲間は『炎帝』と『水守』の相手で手一杯だ。とてもじゃないが、勝ち目はないぞ。さあ、俺たち三人と破獣を相手にどう対処する？」

ランドルはニヤニヤと嫌らしい笑みを浮かべる。

ともすれば俺たちがどうやってこの状況を打破するのかを心待ちにしているかのように。

「どうするんですか、カズトさん。このままじゃ私たち……」

「奈津さん、すぐに東京と北海道にメールを出して、あや姉と河滝さんらをこちらへ呼び戻して下さい。破獣の相手は彼女たちにお願いします。氷見さんもそちらへ」

「……え？　いや、でもさっき援軍は呼べないって。もし彼女たちをこっちに呼び戻したらリッちゃんたちが……」

「……？」

「わ、我も？　我もあのでっかいのの相手をするとか待ってクドウ氏。ぜったい無理ぽ」

氷見さんは泣きそうな顔をするが無視する。やると決まれば、やってくれる人だ。頑張れ。

「大丈夫です。さっきの言葉はあくまで現状のままなら援軍は呼べないって意味ですから」

奈津さんは意味が分からないという顔をする。

（……出し惜しみなんてできないな。本格的に戦闘が始まってからじゃ遅い）

今この状況以外、『コイツ』を出す機会は訪れないだろう。

俺はアイテムボックスからそれを取りだした。

「それは――あの魔剣ですか？」

「ほぅ……」

奈津さんとランドルたちの視線が魔剣に集中する。

「悪いな。さっそくだけど、お前の力を貸してくれ」

臨界者としての力を発動する。スキル『臨界干渉』によって臨界へと接続。

そして『大召喚』、『降霊術』、『死者再現』を使い、かつての力を完全再現する。死霊術師と大召喚士を選んだのはこのためだったと確信する。『臨界干渉』だけでなく、この二つの職業、そしてスキルが無ければこれは不可能だったからだ。

対象は勿論、この魔剣の所有者であり、かつて俺たちを苦しめた最大の強敵。

今度はその力を、俺たちのために使ってもらおう。

『――やれやれ、ようやくか。待ちくたびれたよ』

軽口と共に、手に持った魔剣が黒く輝く。

光が収まると、そこには一体のスケルトンが立っていた。

「えっ⁉　ちょっ、どういう事ですかカズトさん⁉」

隣で奈津さんが驚いている。

当然だ。だってこれに関しては俺はユキ以外、誰にも伝えていない。

「すいません。コイツに関しては、絶対に誰にも打ち明けるわけにはいかなかったんです。これ以上、残滓に対策されるわけにはいかなかったので」

現れたソイツは、ボロボロのローブに身を包み、剝《む》き出しの頭蓋骨《ずがいこつ》の眼窩《がんか》には青白い炎が瞳のように揺らいでいた。

この世界で最初に人間を殺し、固有スキル『傲慢《ごうまん》』を手に入れ、システムに干渉する力を手に入れ、自身に『名前』を付けるという偉業を成した存在。

「――久しぶりだな、アロガンツ」

「ああ。しかしまさかまたこうして君と共に戦える日が来るとはね。運命とは分からないものだ」

「おいおい、俺たちを前に無駄口叩《たた》く暇があんのかよ？　どうやら俺たちの『核』はもう待ちきれないらしいぜ？」

「む？」

飛びかかってきたランドルをアロガンツは迎撃する。

「……久方ぶりの友と再会なんだ。もう少し待ってくれてもいいと思うのだがね。というか、君は誰だい？　クドウカズストにずいぶんと似ているが」

「ランドル。向こうの世界の英雄だ」

ランドルの言葉に、アロガンツは意外そうに眼窩の炎を揺らめかせた。

「英雄ランドル……。そうか、君があの……。なるほど、残滓とは言い得て妙だね。それにしても伝承とはずいぶん容姿が異なる。せっかくだから伝承通りの姿で再現できなかったのか？　なんというか、その……残念だ。色々とイメージが崩れるというか……」

「「うるせぇよ！」」

思わず俺とランドルの声がハモッた。

スケルトンに容姿を残念とか言われるのすっげぇ腹立つんですけど？

「お前なんて骨だけで容姿なんて関係ないくせに……」

「何を言うか？　この整った頬骨《ほおぼね》や顎部《がくぶ》のラインが分からないのかい？　これだから人間とは度し難《がた》い……」

……うぜぇ。やっぱコイツ、蘇《よみがえ》らせない方がよかったかな？

「ちっ、調子が狂うぜ。テメェは何者だ？　向こうの世界のモンスターらしいが、俺にはお前と戦った記憶はねぇな。名の通ったモンスターなら一通り覚えてるはずだ」

ランドルが剣を振るい、それをアロガンツが弾《はじ》き返す。

「悪いが、私は君が死んだ後に生まれたモンスターだ。それと名を得たのもここ最近の事だよ」

「へぇ……。だが強いんなら歓迎だ。せいぜい、俺たちを倒してみせな！」

「言われずとも！」

アロガンツとランドルの戦いが始まった。

「余所見《よそみ》をしている暇があるのか？」

「俺たちも楽しませてくれよっ！」

同時に、剣聖と拳王が俺たちに迫ってくる。

――だが遅い。

臨界者に進化した俺の反応速度は二人の動きをほぼ完璧《かんぺき》に捉《とら》えていた。

「忍刀、雷遁《らいとん》付与。黒刀、熱遁《ねっとん》付与」

剣聖には雷遁を付与した忍刀で、拳王には熱遁を付与した黒刀でそれぞれ対応。

受け止めると同時に地面を蹴《け》る。

「――消えた⁉」

「速ぇな！」

二人の背後にまわり一気にとどめを刺そうとするが、直前に見えない攻撃に阻《はば》まれてできなかった。

……おそらくランドルだな。一旦《いったん》、二人から距離を取る。

（……なるほど、大体この二人の実力は分かった……）

使ってくる戦術は違うが、どちらも『忍神』シュリと同じくらいの力だ。

今の俺たちならなんとか対処できるだろう。それよりも問題は後方で動かない破獣だ。

（……どうして動かない？　こちらの出方をうかがっているのか？）

いや、違うな。

破獣の特徴や特性については事前にリベルさんやユキに聞いている。

アイツは知性を持たない完全な獣だ。会話も通じない。意思疎通も不可能。

ただひたすらに周囲を破壊し、全てを蹂躙する理不尽の塊《かたまり》。それが『破獣』というモンスターだ。

リベルさんによれば破獣は突然変異で生まれたモンスターらしい。

モンスターの頂点である『六王』に匹敵する存在でありながら、『六王』スキルに該当せず、類似するモンスターが一体もいない事から唯一の存在として『破獣』と名付けられた。

ランドルも破獣もそれだけで、リベルさんの召喚のリソースをかなり食う存在だ。

アロガンツとの戦い方、そして今俺たちを相手にしている二人の戦い方。

確信に変わる。コイツらが今しているのは『時間稼ぎ』だ。破獣が動き出すまでの。

そしてその破獣を抑えているのは――。

「リベルさん、大丈夫ですか？」

俺はランドルたちから目を離さずにリベルさんの方へ声をかける。

「……大丈夫よ。かなりキツいけど、なんとかなりそう。回収の術式はもう少しで構築できると思う」

『僕やトレントたちが負担を分担して受け持ってるです！　全然平気ですよっ』

「いや、全然ってほどじゃ……割とギリギリ……」

『ファイトです。お父さんのために血反吐《ちへど》吐くまで頑張るです！』

うん。ナチュラルにスイが厳しい。

でも前回と違って今回は何とかなりそうだ。

前回のループで、異世界の残滓が『対策』をした事で、リベルさんの召喚術式に不具合が生じ、彼女を凄まじい反動が襲った。確信はないが、あれも記憶を失う理由の一つだったと思う。

だが今回はスイと周辺一帯のトレントが分散して負担を肩代わりすることで、リベルさんの負担を軽減させている。

「奈津さん、メールは？」

「もう送りました」

流石《さすが》、仕事が早くて助かる。

●

東京にいた西野たちの前には『炎帝』グレン・アッシュバーンが立ち塞《ふさ》がっていた。

「聞いてはいたが……」

「話しよりもずっと凄《すご》いねー」

西野と六花は目の前の『軍勢』に圧倒されていた。

『炎帝』グレンは自らの炎を獣に変化させて使役する。その数はおよそ百匹。前々回のループではその軍勢を西野たちは地力で勝り、ねじ伏せたのだが――。

「かるく千は超えてんねー……」

六花の言葉の通り、目の前に広がる炎の獣たちの数は千を越えていた。

「どうやらシュリに使われるはずだった力が俺の方に充《あ》てられたみてーだな。ハハッ、死ぬ前よりも力が有り余ってやがる」

その力はこれまでのループを遥かに超えていた。

「カッカッカッ！　おらおら！　油断すんじゃねぇぞ、ガキ共！」

「油断なんかしてないっつーの！　てか、あやめさん！　ここは私たちに任せておにーさんやナッつんの元へ行って！」

「え、でも……？」

「向こうに破獣が出たって連絡が来たでしょ！　流石におにーさんたちだけじゃ厳しいよ。こっちは私たちで何とかする。だからお願い」

「……分かった」

六花の声に応じ、九条《くじよう》あやめの足元の影が広がる。

彼女とその仲間たちが影に沈み、戦線を離脱した。

「おいおい、いいのか？」

「んー、正直厳しいけど、それはどこも一緒だしね。私たちだって強くなったんだし、そう簡単に負けるつもりはないよっ」

「そう来なくっちゃな！」

グレンが凶悪に笑うと、無数の炎の獣の軍勢が六花たちへ向けて進撃する。

●

同じく北海道でも同様の状況が繰り広げられていた。

『水守』のオリオン・カーラーの創りだす水は、その勢いを増してゆく。

「こりゃあ、まいったね。『強奪』しようにも、相手が強すぎてスキルが奪えない」

「私たちも強くなりましたが、残滓の力とはこれほどまでに強いものなのですか……」

河滝と五十嵐も戦慄《せんりつ》する。

目の前の水はもはや巨大な津波となって押し寄せてきた。

「でも……うん。ここは何とかなると思う。だから河滝さんたちはカズ兄《にい》の元へ行って」

「……いいのかい？」

「うん。相坂《あいさか》先輩からも連絡が来たんだ。向こうも九条さんたちが援軍に向かったって」

「破獣か……。正直、私たちで何とかなるとは思えないけど、頼られたからには精一杯応えないとね」

彼女の足元の影が広がり、あやめらと同じように戦線離脱する。

それを見ていたオリオンが悲しげな声を上げた。

「……よろしいのですか？　アナタ方だけではわたくしに勝つのは難しいと思われますが……？」

「それはやってみないと分からないよ。ね、クロ、とお姉」

「そうね、サヤちゃん」

「ワンッ！」

彼女たちの瞳にはいささかの闘志の衰えも見えない。

「……素晴らしい闘志です。是非、勝って下さいまし……」

オリオンはそれを見て嬉《うれ》しそうに微笑《ほほえ》んだ。

●

あや姉と河滝さんらが援軍に駆けつけてくれた。

氷見さんも向こうへ向かう。それと同時に破獣も動き出す。

「援軍か……。大丈夫か？　たったあれだけの戦力で破獣をどうにかできるとは思えねぇが……」

「信じてますから。それに援軍は彼女たちだけじゃありません」

「お……？」

次の瞬間、破獣を中心に青い結界が形成される。

「へぇ……ありゃ海王シュラムの隔絶結界か。よくあの堅物を説得できたな」

「知ってるんですか？」

ていうか、あの結界そういう名前だったんだ。

「知ってるも何も、昔殺し合った仲だ。海でスライム狩ってたら怒られちまってな。あん時はマジで死ぬかと思ったぜ……」

ランドルにそこまで言わせるとは海王様恐るべし。ていうかあの人――てか、スライムか。いつから生きてるんだ？　リベルさんは原初のスライムって言ってたけど。

「ま、対策してんなら上々だ。そっちのスケルトンもそろそろ動いたらどうだ？」

「ふむ……」

俺の隣で佇《たたず》むアロガンツにランドルは目を向ける。

「一応、言っておくが私は名もなきスケルトンではない。アロガンツという」

「そうか。……やっぱり今回が初、か。お前と記憶はねぇからな」

記憶。やっぱりユキの懸念は正しかった、ランドルにもループの記憶があるらしい。

まあ、さっきの攻防の時点である程度予想はしていたけどな。あれは俺の動きを知っていなければできない動きだった。

「……やるぞ、アロガンツ」

「ああ、勿論だ。だがその前にまずは援軍が抜けた分の戦力を補充させてもらおうか。――『混沌《こんとん》領域』」

「……え？」

ちょっと待て。なんだそのスキル。俺そんなの知らないんだけど？

混乱する俺を他所《よそ》に、アロガンツは魔剣を掲げる。

するとアロガンツの周囲の空間が歪《ゆが》んだ。

「なっ……」

目を疑った。

なんとそこから現れたのはかつて俺たちと死闘を繰り広げてきたモンスターたちだ。

赤銅《しやくどう》色の肌を持つオークに、巨大な建造物を繋《つな》ぎ合わせてできたような岩の巨人、人の上半身に蟻《あり》の下半身を持つ女王蟻、そして天を突くほどの巨大な大樹。

いや、一体だけ知らないモンスターがいる。真《ま》っ赤《か》な朱色の鱗《うろこ》を持つドラゴンだ。

「ハイ・オーク『ルーフェン』、ガーディアン・ゴーレム『ティタン』、クイーン・アント『アルパ』、竜王『フランメ』、そして暴食の大樹――エルダー・トレント『ペオニー』！　揃《そろ》い踏みだ！」

「ゴァァアアアアアアアアアアアアアアアアアアアアアアアアアアアアアアアンッ‼」

ハイ・オーク『ルーフェン』が吠《ほ》える。

「――ルゥゥウウウオオオオオオオオオオオオオオオオオオオオオオンッ！」

ガーディアン・ゴーレム『ティタン』が大地を震わす。

「ァァアアアア……キッシャアアアアアアアアアアアアアアッ！」

クイーン・アント『アルパ』が産声《うぶごえ》をあげる。

そしてただ一体——いや、一匹か、赤い竜だけが首を傾げている。

『ふぅむ……ここは？』

「おい、アロガンツ、なんだよ、そのスキル？」

「何だとはご挨拶《あいさつ》じゃないか。君は一度、このスキルを実際にその眼で見ているだろう」

「見てるって——あ」

言われて気付いた。キャンプ場の一件だ。あの時、アロガンツとの対決でコイツは今と同じようにハイ・オークやティタン、ペオニーを蘇らせていた。

「でもあれってシステムの力を使った能力じゃなかったのか？」

「ああ、そうだ。だがどうやらそれがシステムにスキルとして認められたようだね。『混沌領域』というスキルで再現することができたようだ」

「できたようだってお前……」

そんなの反則だろ。でたらめにもほどがある。

「という訳だ。フランメ以外は状況を理解しているだろう。それぞれ援軍に向かってくれ」

「ゴァ」「キシッ」「ゴォゥ」

影が広がり、ルーフェン、ティタン、アルパがそれぞれ消える。

「ペオニー、君の役目は我が主リベル様のサポートだ。今の君ならできるね？」

「……」

アロガンツの指示に、ペオニーはその巨体を震わせる。まるで「了解した」と言っているように見えた。……ていうか、リベル様ってなに？

「お前、リベルさんと何か――」

『アナターーーー！　会いたかったあああああああああっ！』

大音量の声が頭に響く。

見ればソラが嬉しそうに赤い竜の周囲を飛び回っていた。

『君……これはどういう事だ？　私はペオニーに食われて死んだはずじゃ……。それに向こうに見えるのはシュラムの隔絶結界じゃないか。リベルもいる。ペオニーも一緒にいる。どういう状況なんだ？』

あの竜ってまさかソラの旦那さんか？

そして物凄く混乱していらっしゃるのが伝わってくる。

「その通り。ペオニーに取り込まれた肉体を元に再現した。核である魔石が番《つが》いに食われていたのも幸運だったね。おかげで記憶もそのままに再現する事ができたよ」

「……俺、今声に出してた？」

「いや、そんな風に思っていただろうから、疑問に答えて上げたよ」

ナチュラルに人の思考を読むんじゃない。

「さて、フランメ。事情は君の脳に直接送る。番いとの再会を楽しむのもいいが、ここは我々に協力してもらえないか？　君には番いと共に破獣を担当してほしい」

『承知した』

『アナタ……』

『ソラ。再会を喜ぶのは後にしよう。まずは目の前の戦いに集中しよう』

『そうね。あれ？　……今アナタ、私の名前を……？』

『今しがたアロガンツから教えてもらった。良い名前じゃないか。それに無事に子も産めたようだな。まさか死んだ身で君や我が子に会える日が来るとは思わなかった……』

赤い竜――フランメは俺たちの方を見る。

『アロガンツ！　それに早熟の所有者クドウカズトよ！　この身を再び与えてくれた事、感謝する。恩義は戦果を持ってお返ししよう！』

ゴゥッと。凄まじい速度でフランメはソラと共に破獣の元へと向かう。

やだ……凄くイケメン。

ソラが惚《ほ》れるのも分かるくらいのイケメンドラゴンだった。

「さて、援軍としてはこれで十分だろう。だが、ただ彼らを送るだけでは戦力としてはまだ足りない。クドウカズト。誰でもいい。パーティーメンバーを一人抜けさせて、あの男を加えてから『英雄賛歌』を使え。それで我々の戦力は爆発的に跳ね上がる」

「……あの男？」

「そうだ。私が君たちと戦った際、最も煩《わずら》わしく思っていたあの男さ」

アロガンツはその人物の名を口にした。

●

――同時刻、安全地帯の中心で上杉《うえすぎ》市長は残された住民たちと共に戦況を見据えていた。

「……歯がゆいな。ただ待つだけの身とは」

「仕方がありませんよ。我々には戦う力がありませんから」

老齢の女性がお茶を出しながら答える。上杉市長は『安全地帯』の要だ。たとえどんな戦場であっても前線に出ることはできない。

彼に万が一のことがあれば、それはすなわち『安全地帯』の消滅を意味するのだから。

だが常に見送り、結果を待つ事しかできない状況に、いつも彼は歯がゆい思いをしていた。

何か、どんな些細《ささい》な事でもいい。

（何か私にできることはないのか……何か）

ただ仲間の無事を祈るだけの日々にはもう耐えられなかった。剣道を教えていたのもその手慰みだ。それでも彼の思いが満たされることはなかった。

《――メールを受信しました》

「……ん？」

不意に頭に響いたアナウンス。

何かと思って確認すると、それは今も戦っている仲間からのメールであった。

「……なんだ、これは？」

その内容に彼は酷《ひど》く混乱した。

メールの送り主は一之瀬《いちのせ》奈津であった。

『これからカズトさんより上杉さんをパーティーメンバーへ誘うアナウンスが流れると思います。必ずイエスを選択してください』

文面は無駄に長かったが、要約するとこんな内容だ。

カズトはメールを打つのが苦手で遅いため、代わりに彼女が代筆ならぬ代理メールを送ったのだろう。恐ろしいほどのタイピングと送信速度である。

《クドウ　カズトからパーティー申請が届きました。受理しますか？》

直後、また脳内にアナウンスが響いた。

「……」

戦力外であるはずの自分を仲間に入れるなど本来なら愚の骨頂だ。

それも主戦力であるクドウカズトのパーティーになんて。

事前にメールが送られてこなければ、彼はこの申請を拒否していただろう。足手まといにはなりたくなかったからだ。

（……何かあるのか？　この私にも君たちの力になれることが……）

力になりたい。どんな些細な事でもいい。命を懸けて戦う仲間たちの力になりたかった。

彼はイエスを選択した。次の瞬間、彼の脳内にまたアナウンスが流れた。
《パーティーメンバー　ウエスギ　ケンセイ　固有スキル『上下一心』を取得しました》
「これは……」
そして彼は知る。
己の持つ固有スキルを。
その破格にして最高の性能を。

●

「……まさか上杉市長がこんなとんでもない固有スキルを持ってたなんてな……」

「だから言っただろう。私にとって最も煩わしいと思っていたのが彼だ。『安全地帯』という破格のスキルを持っている事もそうだが、彼が『英雄賛歌』で手に入れる固有スキルの効果が私にとっては致命的だった。どうしたものかと頭を悩ませたものだよ。結果として彼の能力は使われなかったから拍子抜けしたがね」

「どうしてお前が知ってたんだよ？」

「あの時の私は、あの白い少女よりもシステムの力を有していたからね。色々調べたのさ。君とペオニーとの戦いは見ていたしね。情報収集は基本中の基本さ」

「この野郎……」

いちいち腹の立つ言い方するなぁ、ほんと。

でもまあコイツのおかげで上杉市長の固有スキルの効果が分かったのは結果オーライと言うべきか。

英雄賛歌で発現する固有スキルは、あくまで戦闘に参加するメンバーでしか試してなかったからな。考えが抜けていた。

非戦闘員――特に上杉市長なんかはレアなスキルを持っているんだし、もっと可能性を考えるべきだったのだ。

《パーティーメンバー　モモ　固有スキル『漆黒走破《しっこく》』を取得しました》

《パーティーメンバー　キキ　固有スキル『反射装甲』を取得しました》

《パーティーメンバー　アカ　固有スキル『完全模倣《もほう》』を取得しました》

《パーティーメンバー　ソラ　固有スキル『蒼鱗《そうりん》竜王』を取得しました》

《パーティーメンバー　シロ　固有スキル『白竜皇女』を取得しました》

《パーティーメンバー　スイ　固有スキル『緑皇領域』を取得しました》

パーティーメンバーの固有スキルの取得を告げるアナウンス。

上杉市長を仲間に入れるために、一旦奈津さんにはパーティーメンバーを抜けてもらった。

パーティーメンバーの上限は八人だからな。

だが、通知はそこで終わらない。

《パーティーメンバー　イチノ　セナツ　固有スキル『流星直撃』を取得しました》
《パーティーメンバー　アイサカ　リッカ　固有スキル『羅刹天女』を取得しました》
《パーティーメンバー　ニシノ　キョウヤ　固有スキル『絶対遵守』を取得しました》
《パーティーメンバー　ゴショガワラ　ハチロウ　固有スキル『丸太大全』を取得しました》
《パーティーメンバー　カツラギ　サヤカ　固有スキル『一致団結』を取得しました》
《パーティーメンバー　クロ　固有スキル『狼王《ろうおう》ノ牙《きば》』を取得しました》
《パーティーメンバー　イガラシ　トオカ　固有スキル『比翼転輪』を取得しました》

上杉市長の固有スキル『上下一心』。

その効果はパーティメンバーの人数制限解除。俺の『英雄賛歌』との相性は最高だった。

「カズトさん、全員にメール通知完了しました」

「ありがとうございます、奈津さん」

先ほどから頭にパーティーメンバー申請のアナウンスが鳴りやまない。

俺は片っ端からイエスを選択してゆく。

《パーティーメンバー　ニジョウ　カモメ　固有スキル『聖癒《せいゆ》賛歌』を取得しました》

《パーティーメンバー　シミズ　ユウナ　固有スキル『天真爛漫《らんまん》』を取得しました》
《パーティーメンバー　フジタ　ソウイチロウ　固有スキル『離婚調停』を取得しました》
《パーティーメンバー　オオノ　ケイタ　固有スキル『劣化大罪』を取得しました》
《パーティーメンバー　シュラム　固有スキル――を取得しました》
《パーティーメンバー　クジョウ　アヤメ　固有スキル――……》
《パーティーメンバー　カワタキ　アキラ　固有スキル――……》

これでこの戦場にいる全員が俺のパーティーメンバーとなり、その全員が固有スキルを取得するに至った。

そして全員にシロの固有スキル『白竜皇女』の必中効果も付与される。

「戦力は整った……！」

いける。これなら対策を取られた異世界の残滓たちとも互角に戦える。

「いや、まだだよ」

しかしアロガンツは俺の言葉を否定する。

「どういうことだ？」

「まだパーティーメンバーに加わってない者がいるだろう？　そう、我々モンスターだよ」

次の瞬間、脳内にアナウンスが響く。

《アロガンツが仲間になりたそうにアナタを見ています。仲間にしますか？》

脳内でイエスを選択。アロガンツがパーティーメンバーに加わる。

《パーティーメンバー　アロガンツ　固有スキル『魔王礼賛《らいさん》』を取得しました》

「なっ……!?」

おいおい、ちょっと待て？　新しい固有スキルの取得だと？

「やっぱりね。思った通りだ」

「お前、こうなるって分かってたのか？」

「いや、想定外だったのはむしろ最初に固有スキルを取得した事だ。本来はウエスギの力を使ってから、君の仲間となり固有スキルを取得するはずだった。嬉しい誤算だったよ」

なんてことないような口調。コイツは本当に……。

「それよりも、ほら受け取るといい。私を仲間に加えた恩賞だ」

「これは……っ」

俺はすぐにその変化に気付いた。ステータスの種族欄。そこが変化していた。

正確には俺ではなく、俺以外の仲間の種族が変化していたのだ。

「パーティーメンバーの種族を一段階進化させる。それが『魔王礼賛』の効果だ」

「それってつまり……」

「ああ。君の仲間になった者は全員、『進化』する」

爆発的な光が溢《あふ》れかえる。その光景にランドルすらも唖然《あぜん》としていた。

《パーティーメンバー　モモが犬神に進化しました》
《パーティーメンバー　キキがアルト・リム・テルメウスに進化しました》
《パーティーメンバー　アカがカオス・イア・ウーズに進化しました》
《パーティーメンバー　シロが白神竜に進化しました》
《パーティーメンバー　スイが新生緑王樹に進化しました》
《パーティーメンバー　アイサカ　リッカが羅刹鬼神《ラセツキシン》に進化しました》
《パーティーメンバー　ニシノ　キョウヤが――……》
《パーティーメンバー　ゴショガワラ　ハチロウが――……》

再び脳内に流れる大量のアナウンス。まさか。まさか、だ。こんなとんでもない裏技があるなんて思ってもいなかった。

「……知ってたのか、こうなるって事を？」

「ああ、勿論。こっちに関してはキャンプ場の時に調べていたからね。あの時は、君に振られてしまったから試す機会に恵まれなかったが」

中央サーバーから既にその知識を得てたのかよ。本当に抜け目ないなコイツ。

「俺や奈津さん、ソラが進化しなかったのは既に最終進化を終えてたからか……」

「らしいね。しかしあれからまたそれだけ強くなったとは。本当に呆れるね。どれだけ地獄を潜《くぐ》り抜けてきたんだか」

やれやれとアロガンツは言う。

「さあ、これで戦力は整った。異世界の残滓よ。決着をつけようか」

「それ、俺の台詞《せりふ》だろ！」

三度目の異世界の残滓との戦いが始まった。

●

ルーフェンが辿《たど》り着いた時、東京での戦闘はより激しさを増していた。

六花は二本の鉈《なた》を縦横無尽に振り回し無数の炎の獣を仕留める。大野《おおの》や五所川原《ごしょがわら》らも次々に仕留めてゆくがその数は減る事はない。

むしろグレンは仕留めた端から新たな炎の獣を生み出してゆく。

圧倒的な数の暴力。

今までのループでは六花たちの方が地力で勝っていたからこそ勝つ事ができた。

しかし今回のループでは、異世界の残滓は対策を変えた。

グレンとオリオンにシュリの力を分けることで、二人の力を増幅させた。

その結果、今までのループの中で最高レベルまで高めたはずの六花たちを上回るほどの力を手にしていたのだ。

ジリジリと六花たちは劣勢に追い込まれていた。

しかし、そこにカズトの『英雄賛歌』と、アロガンツの『魔王礼賛』が発動。

固有スキルの発現と、種族進化によって戦力は拮抗《きっこう》するに至った。

「はっ！　なんかよく分かんないけど、さっきよりも全然ちょーしいいんだけど！」

「そりゃあ重畳だ！　俺だってまだまだこんなもんじゃねーぞオラァ！」

羅刹鬼神に進化した六花は、本能でその力を完璧に理解していた。

あぁ、とルーフェンは思う。あの男もそうだが、彼女もまたルーフェンの心を震わせた戦士だ。

もう一度まみえたいという気持ちを必死に抑え、彼はその力を向けるべき敵へと解き放つ。

ハイ・オーク『ルーフェン』。進化したその種族名はディザスター・オーク。文字通り、圧倒的な力による厄災である。

「ルゥゥォオオオオオオオオオオオオオオオオオオオオオオオッッ！」

「おう！　新手か！　いや、というか待て。待て、待て、待て。お前……ッ!?」

ルーフェンの姿を見た瞬間、グレンの表情が変わった。

彼にとって、そのモンスターを見るのは二度目だった。

最初にそれと相対したのは、彼がまだ生きていた時代。その時代のモンスターの頂点に君臨していた一体のオーク。赤銅色の肌をしたオークの変異種であった。

「クハッ……クハハハハハハ！　クハハハハハハハハハハッ！　こんな偶然があるのかよ！　まさか……まさかだ。もう一度、お前と戦えるなんざ思ってもみなかったぜ！」

「ゴァァアアアアアアアアアアアアアアアアアアアアアッ！」

無論、ルーフェンにとっては何の事か分からない。

だが分からなくとも理解していることもある。

――この男もまた、己を滾《たぎ》らせるに足る戦士であると。

進化したルーフェンは一気に距離を詰める。

「うぉ⁉ なんでアンタがここに⁉ ……あ、なるほど。そういう事か」

突然現れたルーフェンに六花は面食らうが、その直後に届いた奈津からのメールによって状況を把握した。

味方だというならばこれほどに心強い奴《やつ》もいない。

「ルォォオオオオオオオオオオオオオッ！」

ルーフェンは大地を踏みしめると一気に加速する。

その先に待つのは摂氏四千度を超える無数の炎の獣の軍勢だ。

だがルーフェンは臆するどころか更に加速する。そして大きく息を吸い――吐いた。

ブォッ！ と、巨大な突風が巻き起こり、炎の軍勢が一瞬で消し飛んだのである。

爆風消火と呼ばれる消火方法である。

文字通り爆風によって一瞬で炎を消し去る消火方法だ。

ルーフェンはそれを自身の呼吸によって再現したのである。

「ちっ、まだまだ！」

「ルォォオオオオオオオオオッ！」

グレンは再び炎の軍勢を生み出すが、またしてもルーフェンの叫びによって消し飛んでしまう。

文字通り『叫び』の名を冠するモンスターによる蹂躙であった。

「能力まで一緒とはな。嫌になるぜ。何でもかんでもすぐに叫んで消し飛ばしやがって」

言葉とは裏腹にグレンの顔には笑みが浮かんでいた。

彼は大剣を構えると、そこに一気に熱を通す。彼が生み出す炎の全てをこの剣に集約させたのだ。

「ルォォオオオオオオオオオオオオオッ！」

再びルーフェンが叫ぶ。

しかし大剣は熱を失うどころか、その叫びに呼応するように更に強く光り始めた。

一気にグレンが加速、ルーフェンとの距離を詰める。

「消せねぇよ。コイツには俺の炎の全てが籠《こも》ってる。そんな小声じゃ届かねぇなっ！」

ルーフェンは剣で迎え撃つ。

剣と剣がぶつかり合った瞬間、ルーフェンの剣が溶けた。グレンの熱に耐えきれなかったのだ。

咄嗟《とっさ》に後ろに飛ばなければ、そのまま彼の体は焼き尽くされていただろう。

「いい判断だ。――お前もな」

背後に迫っていた六花の斬撃を、グレンは受け止める。

（ッ――なにこれ⁉　武器が溶ける……！）

一瞬で熱が伝わり、六花の武器が溶けた。手放すのがあと数秒遅ければ、彼女の手も焼き尽くされていただろう。

そこにグレンの追撃。武器の無い六花にはその攻撃をかわす事などできない――はずだった。

「血装術――極地」

羅刹女に進化した六花の新たな力。鬼人《オニビト》は自らの血を武器に戦う種族である。

ではその上位種族ともなればその力はどれほどのものになるか。

六花の体内で増幅された血液は手の平から噴き出すと一瞬でその体積を増やし、凝固・圧縮し、新たな武器を創りだす。

「ッ……受け止めただと……⁉」

驚愕《きょうがく》するグレン。

六花の生み出した武器はグレンの切り札を受け止めるほどの強度を誇っていた。

「ニッシーッ！　大野ん！」

「ああ――『グレン、その場を動くな』！」

「ああ、妬《ねた》ましい……羨《うらや》ましい」

「ッ……！」

西野の命令と大野の嫉妬《しっと》。アロガンツによって強制進化した彼らのスキルは、グレンにも通用するレベルにまで強化されていた。

「ちっ……」

咄嗟に距離を取ろうとするグレンだったが、その背後にはルーフェンが迫っていた。

「ルォオオオオオオ！」

「これで終わりだよっ！」

その挟撃《きょうげき》を、グレンは避けることができなかった。決着がついた。

「カッカッカ。やっぱ楽しいな、喧嘩《けんか》はよ。なあ、おい。ソイツみてーに死んだ奴を呼び出せるスキルがあんならよ……次は俺を呼べ。テメェらのために戦ってやる」

「いいね、それ。すっごい頼りになりそう」

「だろう？　なんだったら、テメェの婿ならなってやってもいいぜ？」

「はぁ……!?　お、お断りだし！」

「カッカッカ。だろうな。テメェくれーのいい女、周りがほっとくわけがねぇ。……楽しかったぜ。最高の戦いだった」

満足する彼の足元が光る。

「あん？　なんだ、こりゃ？」

「え？　なにこれ？」

西野や六花たちも知らなかったのか怪訝《けげん》そうな顔をする。

（……なんだ？　リベルさんの召喚の魔術陣に似てるが……？）

そのままグレンは現れた魔術陣の中に吸い込まれて消えた。

一方その頃《ころ》、北海道にて。

戦場へ降り立ったティタンは即座にゴーレムを創りだした。

「……援軍？　モンスターですか？」

オリオンは訝《いぶか》しげな声を上げる。

一方で、三矢華《さやか》たちは直前に――奈津の超高速メールによって事情を把握していたため、混乱は最小限にとどめていた。

「私を止める事ができますか？」

オリオンの操《あやつ》る大量の水がティタンのゴーレムたちに飛びかかってゆく。

すると瞬《またた》く間に変化が起きた。

「これは……水が吸われて……？」

オリオンの創りだした水がスポンジのようにゴーレムたちに吸われてゆく。

水を吸ったゴーレムたちはやがて形を保つ事ができず、そのまま自壊して溶けてしまった。

オリオンにはその意味が分からなかった。泥に変えてしまえば操れないとでも思ったのか？

だが吸収された水を回収しようとして表情を変えた。

「回収できない？」

それこそがティタンの狙《ねら》いだった。

ティタンのゴーレムに吸われた水はオリオンの支配から外れ、もう操る事はできなくなるのだ。

（勝機《チャンス》ね……）

十香《とおか》は冷静に状況を分析し、すぐに三矢華とクロたちへ指示を出した。

「サヤちゃん今がチャンスよ！　一斉攻撃を！」

「分かった。クロ、みんな行くよ！」

「ワォオオオンッ！」

このチャンスを逃す彼女たちではない。

すぐにオリオンへ攻撃を仕掛ける。

「ルォォオオオオオオオオッ！」

当然、ティタンも新たなゴーレムを創りだし、オリオンの戦力を削ってゆく。

「……水よ、私の周囲にお集まりなさい」

対してオリオンの取った戦術はグレンと同じ力の集約だった。

「……ちゃんと避けて下さいましっ」

己の周囲に水を凝縮させ圧縮。そこに足元の砂を混ぜて高速で撃ち出せば、殺傷能力抜群の
ウォーターカッターの完成だ。

「シャ……？」

「キシ……？」

一瞬で、蛇と蜘蛛《くも》のネームド二体の体が両断された。斬られたと気付く事すら遅れるほどの速さ。

射線上にあった全てが切り裂かれる。

人間の技術でも、ウォーターカッターの最高速度はマッハ３に達する。

オリオンによって撃ち出されるウォーターカッターの速度はそれを遥かに凌《しの》いでいた。当然、飛距離も凄まじい。数百メートルにも渡って、射線上に在った全ての生物、物体は切り裂かれていた。時間差で崩れてゆく建物や木々がその凄まじさを物語っている。

「シューちゃん、ファーちゃん、下がって！」

三矢華とクロが初撃を避けられたのはたまただ。

見ることも、反応する事もできなかった。

「シャ……シャァ……」「キシ……」

ギリギリで絶命を免《まぬが》れていた蜘蛛と蛇のネームドはクロの影へ退却する。

「ッ……マズイですね。ティタンさん！　アナタのゴーレムを前面に展開し、サヤちゃんたちの盾《たて》に！」

「ルォウ！」

十香の指示に従い、ティタンはゴーレムを前面に展開する。

「……良い判断です」

オリオンが渋い表情を浮かべる。

やはりティタンのゴーレムとオリオンの水は絶望的なまでに相性が悪かったのである。

切り札のウォーターカッターでさえ、ゴーレムの体を切断する事はできても、そのまま吸収されてしまったのだ。当然、ゴーレムから先へは被害も広がっていない。

「ベレ君、ホルちゃん、力を貸して！」

「シャァアア！」「モォー！」

三矢華は残る二体のネームドの名を呼ぶ。

その瞬間、彼女の体が光り輝き、手と足にそれぞれ蝙蝠《こうもり》と牛の刺青《いれずみ》が浮かび上がった。

今の三矢華が就いている職業は魔物使いの上級職『魔物司令官』だ。

その恩恵《スキル》として、彼女は契約したモンスターの力を自分のものにする事ができる。

その力の割合はモンスターとの信頼関係によって増減する。

ヴェーレとホルンは仲間になって日も浅いが、既に三矢華とは十分すぎるほどに信頼関係を構築していた。

「なんと……」

その光景にオリオンは思わず感嘆《かんたん》の声を上げる。

「はぁあああああっ！」

角牛のネームド『ホルン』の脚力による超スピード。そして蝙蝠のネームド『ヴェーレ』の超音波による探知と瞬発力。

二体の力を掛け合わせることで、三矢華は一時的に人間の限界を超えた反射速度を手に入れた。

三矢華は紙一重でオリオンのウォーターカッターを回避してゆく。

「素晴らしい……！　その力と主従関係は、ひょっとしたらリベル様よりも……」

だがオリオンも負けてはいない。更に水を高圧縮で放とうとした。

しかしその瞬間、ガクンと体勢を崩したのだ。

「ッ……これは？」

「――召喚《サモン》、マッド・ウーズ・エレメンタル」

十香のスキル精霊召喚。オリオンの足元の泥を操り、彼女の態勢を崩したのだ。彼女の精霊召喚はこれまでのループで使用されていない。オリオンのレベルが高すぎて、このスキルで隙《すき》を作ることができなかったからだ。

だがそれが功を奏した。

残滓は彼女の『精霊召喚』に対してまったく警戒をしていなかったのである。

「ワォオオオオオオンッ！」

更に背後からクロが挟撃を仕掛ける。

（……残りの水で仕留められるのはどちらか一方だけですね。相手に必中効果がある以上、どちらかの攻撃は必ずわたくしに当たる。……ここまでですね。見事です）

オリオンは相手の健闘を讃《たた》えた。

彼女の核である残滓はそれでも三矢華とクロ、どちらかだけでも仕留めろと叫ぶが、オリオンはそれを拒んだ。本来であればオリオンは抗《あらが》う事などできないはずだが、ティタンによって力の大部分を削られていたから、彼女はそれに抗う事ができた。

全ての水を解除し、三矢華の斬撃とクロの牙を受け入れた。

「……ここまでですね。グレンの方も決着がついたようですし、お見事です。異世界の戦士たちよ」

己を倒した者たちへの賞賛と共に、彼女の足元に、ある魔術陣が出現する。

「え、なにこれ？」

「ワォン……？」

「これはリベルさんの召喚陣……？　一体何故？」

三矢華とクロだけでなく、オリオンまで怪訝そうな顔をする。

次の瞬間、彼女もグレンと同じように魔術陣に吸い込まれて消えた。
●

同時刻――カズトたちの戦場から少し離れた場所に形成された結界にて。

結界を張った海王シュラムは違和感を覚えていた。

（妙だな……どういう事だこれは？）

シュラムはアカや戦場へ赴いている眷属《けんぞく》たちからの情報を得て、戦況をほぼ完璧に把握していた。

だからこそ、違和感を覚えずにはいられなかった。

シュラムはカズトから前回までのループの内容を聞いている。

異世界の残滓はカズトたちの力量や戦い方に応じて『対策』を講じている。

前回のループでは位置替えの要因として剣聖ボアを再現した。

それはまだ理解できる。

ランドルと破獣から力をそれぞれ分ければ一人分くらいは作り出す事は余裕で可能だろう。

しかし今回はまったく違う。

『忍神』シュリに使うはずだった力をグレンとオリオンに分けた。ここまではいい。

問題はランドルと破獣が明らかにパワーアップしている上、剣聖ボアと拳王リアルドの二体まで顕現している点だ。

（一体、そのエネルギーはどこから調達したのだ……？）

明らかに異世界の残滓が持つエネルギーの総量を超えている。

いかに異世界の残滓といえど、己のエネルギーの総量を超える殻を生み出す事はできない。

あり得ない矛盾。

（まさか……いや、しかしそう考えれば納得ができるが……）

シュラムは一つの可能性を思い浮かべる。

だがすぐに思考を切り替えた。

いかにシュラムの結界が強力といえど、相手はあの破獣なのだ。

余計な事を考えて、結界の維持に綻びが出ては目も当てられない。

シュラムは目の前の戦いに集中することにした。


――結界の内部では激闘が続いていた。

九条あやめと河滝旭《あきら》、氷見八重子《やえこ》が率いる仲間と進化したクイーン・アント『アルパ』は、暴れ回る破獣相手に奮戦する。

前々回のループでは彼女たちは破獣を破っている。無論、彼女たちにその記憶はない。

だが今回の破獣はあの時よりも遥かにパワーアップしているのだ。

固有スキルと種族進化を重ねてもまだ破獣の方が上回っていた。

「キシシシシッ」

アルパが前に出る。

彼女の周囲は既に無数の兵隊アリで埋め尽くされていた。

彼女がここへ現れてから僅《わず》か数分の間に生まれた彼女の眷属である。

個としても強い力を持ちながら、やはり彼女の力の本質は『数』だ。圧倒的な軍勢による制圧こそ、彼女の力の本質。そしてアロガンツによって進化し、固有スキルを得た彼女は僅かな時間で数千を超える軍団を生み出す事ができるようになっていた。更に生み出される軍隊アリは一瞬で成体となり、全てが彼女と同じ力を持つ。

「キシッ！」

アルパの号令と共に、兵隊アリの軍勢が破獣へ捨て身の攻撃を仕掛ける。

「ゴァァアアアアアアアアア！」

当然、破獣にとっては格好の的だ。

九つの頭から吐き出されるブレスがアルパの配下を消し飛ばしてゆく。

「キシッ！　キシッ！　キシッ！」

だがアルパの軍勢は一向にその数が衰えない。

むしろ消し飛ばした端からどんどんと数を増してゆく。

その理由はアルパの生み出した兵隊アリたちもまた生殖能力を有しているからだ。

破獣へ突撃を仕掛けながらも、配下を生み出し、破獣ブレスの威力を分散させ、攻撃を逃れた個体がまた新たな兵隊アリを生み出す。

無数の小魚が群れを成すことで巨大な魚の幻影を創りだすように、今アルパの群れは巨大な一つのモンスターとなっていた。

「……凄い」

「数の暴力……。ここまでくると恐ろしいものだね」

あやめと河滝は思わずそう漏《も》らす。

「……うーむ、虫はやっぱりカッコいいですな、ふひひ……」

氷見はまったく別の感想を漏らす。

『九条あやめ、河滝旭、氷見八重子、そしてその仲間たちよ。今すぐ結界の外へ出ろ』

すると彼女たちの頭に海王シュラムからの念話が届く。

「これは……あのスライムの声か。何故、結界の外に？」

河滝は以前、訓練の際に一度シュラムと言葉を交わしている。故《ゆえ》に頭に急に声が響いた事にも混乱はなかった。

『結界の中にいては攻撃に巻き込まれる。破獣が相手だ。あ奴らも手加減はできまい』

「あ奴ら……？」

ともかくシュラムの指示に従って、河滝らはすぐに結界の外へと避難する。

すると入れ違いになるかのように、二体の竜《ドラゴン》が天空より結界の中へと侵入した。

『……久しいな、フランメ』

結界の中へ侵入したソラとフランメは眼下に広がる光景に驚愕した。

結界の中央で暴れる巨大なモンスター破獣。それに群がる無数の兵隊アリ。

アルパの生み出した兵隊アリたちは、完璧な連携によって徐々に破獣の体に纏わりつき、少しずつその牙や爪《つめ》を突き立てていった。

一匹、二匹では大した攻撃にはならないが、それが数千、数万の軍勢ともなれば途轍《とてつ》もない脅威になる。

現にアルパの軍勢が与える傷《ダメージ》は、破獣の再生能力を上回り始めていた。

『……ふむ。このまま我らが手を下さずとも、あの虫けらが決着を付けるのではないか?』

『かもしれないね。でも油断は禁物だ。我らのブレスで一気に片を付けよう』

二匹の竜は大きく口を開くと、全力のブレスを放った。

二匹の生み出すブレスは混じり合い巨大なエネルギーの渦となって破獣へと降り注《そそ》ぐ。

無数の兵隊アリに群がられ動きを阻害された破獣にはこれを避ける事はできなかった。

せめてもの抵抗とばかりにスキルによる防壁を展開するが、ダメージを受けた状態ではその防壁は薄氷に等しい。

ブレスを防げたのはほんの一瞬。

二匹の竜によって生み出された破壊の奔流は防壁を粉々に破壊し、そのまま破獣の体を消し飛ばした。

「………キシッ？」

アルパは思わず「え？」と間抜けな声を上げた。

二匹の放ったブレスは破獣を消し飛ばして尚、まったく威力は衰えていなかったからである。

瞬く間に結界内部全域を覆い尽くし、当然、残った者はその余波に巻き込まれる。

アルパはこう思っただろう。

何で私まで……と。

●

リベルとスイの元に訪れたペオニーがまず行ったのは彼らの回復だった。

「これは……」

『体が凄く楽になったのです』

かつて『暴食』によって大量のスキルを有していたペオニーであったが、『暴食』のリスクによってそのスキルを十全に扱う事はできなかった。

しかしカズトの『英雄賛歌』によって得た固有スキル『安定』とアロガンツの『魔王礼賛』による進化によって『暴食』のデメリットは消え、その長所のみを見事に発揮することができたのである。

『……まったく情けないですね。こんなのが未来の私とは』

『お姉さん、誰です？　……初めて会ったのになんだかとっても懐《なつ》かしい感じがします』

『そうでしょうとも。でも説明をしている暇はありません。死王よ、聞こえていますね』

「……ええ。まさかあのペオニーと会話ができるなんてね」

『異世界の残滓の顕現と維持は全て私の方で受け持ちます。スイ君は私のサポートを。死王は早熟の所有者のもう一つの作戦の方に集中して下さい』

「了解したわ。でもできるの？　言っちゃなんだけど、私の代わりって相当大変よ？」

『これでもかつては大陸で最も広大な森林を支配した大樹です。全てのトレントに根を繋げネットワークを形成すれば肩代わりは可能でしょう。異界固定はそもそも我々トレントの役割でしたから』

「……確かにそうね。わかった。任せたわ」

ペオニーにその場を任せ、リベルはもう一つの仕事に集中する。

（……集まった核は全部で三つ。順調ね）

残りは三つ。

リベルはカズトたちが無事に勝つ事を祈った。

●

「さて……それじゃあ続きといこうか、大英雄ランドル。それと剣聖ボアと拳王リアルドよ」

「お前、ぽっと出なのに何でそんな偉そうなの……？」

思わず突っ込みを入れてしまう。

「ふっ、褒《ほ》めるなよ。そんなの私が『傲慢』の所有者だからに決まってるじゃないか」

「いや、褒めてないって」

一瞬、相手の不意打ちを警戒したが、その気配はなかった。ランドルたちは動かなかった。

「話は終わったか？」

「待っててくれたのか？」

「ああ。不意打ちでどうにかできる訳ねぇだろ。前回の剣聖《ボア》の一撃は運が良すぎた。『忍神』のシュリでもなければ、お前に不意打ち喰《く》らわすなんざ不可能だろうぜ」

「……ずいぶんと高く評価してくれるんですね」

軽口を叩き合う俺とランドルに剣聖の女性――ボア・レーベンヘルツは複雑な表情を浮かべる。

「おい、確かにあの時は不本意だったとはいえ、私の実力を低く見積もられるのは不本意だぞ？」

「それは勿論分かってますよ。リベル様のご先祖様が弱いわけないですし」

「……！　知っていたのか。彼女から聞いたのか？」

「ええ。一応、『殻』の候補になりそうな英雄は全て一通り確認しましたから」

俺の言葉に、もう一人の男『拳王』リアルドが反応を示す。

「ほう……てこたぁ、俺の事も知ってんだな」

「ええ、勿論」

……というのは半分嘘《うそ》だけどな。候補はいくつかあったが、出てくる可能性が一番高かったのはこの人だ。

『拳王』リアルド。文字通り拳《こぶし》一つでその時代の頂点に君臨した豪傑《ごうけつ》。戦法はランドルと同じく、単純に強く、硬く、速い。耐性も強く弱点は皆無。純粋に地力で勝る以外に勝つ手段はない。

「アロガンツここは――」

「ではまずそちらの二人から片付けようか」

「ちょ、おま――」

俺の言葉を無視して、アロガンツは前に出る。

次の瞬間、アロガンツの姿が消えた。

「ッ――速い！」

「おいおい、マジか⁉」

俺が目で追うと、既にアロガンツは拳王リアルドの目の前にいた。

「スケルトン風情《ふぜい》が！」

叫ぶリアルドに、アロガンツは剣を持たない左手の方を握りしめ拳を放つ。

当然、リアルドはそれを防御しようとするが、その瞬間、ガードした腕が消し飛んだ。

「なに……⁉」

リアルドは信じられないといった表情を浮かべる。

「神域腐食属性。かつて学校でブラック・ウーズ・ウルフへと変異したクロが取得したスキルの最上位版だ。触れた瞬間に全ては腐り塵《ちり》と化す」

「まだだ！」

リアルドは無事な方の腕でアロガンツへ攻撃を仕掛ける。

アロガンツは攻撃を避けなかった。

「痛くも痒《かゆ》くもないね。ああ、そもそも骨の私に痒いという感覚はないか」

「馬鹿《ばか》な……」

アロガンツはケロッとしていた。まるでダメージを受けていないとでもいうように。

対して殴ったリアルドの腕は、先ほどと同じように一瞬で塵になってゆく。

「スライムはあらゆる打撃、衝撃を軽減する衝撃吸収というスキルを持っている。これが上位スキルになると物理攻撃がまったく効かない衝撃無効というスキルになるのさ」

そのままアロガンツはリアルドの胸を手刀で貫いた。

「がはっ……」

「まず一人」

リアルドが倒れると同時に、彼の背後には剣聖ボアが迫っていた。

ボアの放つ剣とアロガンツの魔剣が交錯する。

「……その剣……魔剣か」

「いかにも。すまないが剣聖の誇り、傷つけさせてもらうよ」

「なに？　……ッ」

ボアは怪訝そうな声を上げる。

同時に奇妙な音が鳴り響いた。キュィィインというまるでチェンソーが木を切り倒す時のような騒音。

「属性付与。今、私の魔剣には『神域振動属性』が付与されている。ルーフェンが放つ『咆哮《ほうこう》』の力をより強力に、より強固に集約させたものだ。こんな風に対象の結合を緩めてしまうんだよ」

ボアの剣にひびが入る。

まさか己の剣がこんなにも簡単に壊れるとは思ってもいなかったのだろう。剣聖と云われた者ならなおのこと。

「貴様……」

「まったく我ながら呆れる弱さだね。こうして仲間の力を借りなければ、まともに敵と戦う事もできないとは」

「う……うぉぉおおおおおおおおお！」

ひび割れた剣でボアはアロガンツに斬りかかる。

アロガンツの頭蓋に当たった瞬間、ガラスのように砕け散った。

絶望するボアにアロガンツは魔剣を振るう。ボアの首が落ちた。

「……二人目」

あまりにもあっけなく、殻となった英雄たちが倒れる。

（……強すぎだろ……）

俺が言うのもなんだけど、コイツ無茶苦茶強くなってない？

——魔王。

まさに今のアロガンツは魔王と呼ぶにふさわしい力を手に入れていた。

「おいおい。まさかあの二人がこうも簡単に負けるとは……。とんでもねぇ強さだな」

「これが仲間の力ってヤツだよ」

「どの口がほざきやがる」

ランドルは舌打ちをする。

倒れた二人の元に召喚の魔術陣が現れ、そのエネルギーを回収する。

（……これで残るはランドル一人）

ランドルは俺とアロガンツを交互に見つめる。

「ちっ……、こりゃ流石に厳しいな」

そうぼやいた。

それはつまり彼我《ひが》の戦力差を理解したという事。その上で、彼の顔に浮かんでいたのは笑みであった。

「だがやめるわけにはいかねぇ。さあ、始めようか」

ランドルとの戦いが始まった。

俺たちの戦術は極めてシンプルだ。俺とアロガンツが前衛になり、後方から奈津さんやモモたちが援護する。

今の俺たちにはシロの『白竜皇女』による必中効果が付与されている。

俺たちの攻撃は必ず当たるし、奈津さんの狙撃は必ず命中する。ついでに奈津さんの固有スキル『流星直撃』は対象以外にはすり抜けるからフレンドリーファイヤも心配ない。

（だが、流石ランドルだな。その程度で簡単に勝てる相手じゃない……）

必中効果のある攻撃を当たってから防ぐという離れ業で対応してくる。

必中の攻撃は当たってしまえば、その時点で必中効果は消える。だから文字通り紙一重で対応すればいい。言うは易《やす》く行うは難《かた》しだ。神業にも等しい技量が無ければ成立しない。

少なくとも俺には不可能だ。

前回、前々回と比べても明らかに力を増したランドルの技量は極限まで高められていた。

それでも俺たちだって負けてはいない。以前よりもずっとずっと強くなったのだ。

アロガンツの言葉を借りるのは癪《しやく》だが、俺たちは仲間《チーム》で戦っている。

もはや一人になったランドルでは、どうやっても俺たちの攻撃を防ぎきる事はできない。

激戦の末、俺の忍刀がランドルの心臓を貫いた。

「……二分ってとこか。まあまあ時間がかかったな。そこまで強くなったんだから、半分くれーの時間で仕留めてみろよ」

「……無茶言わないで下さいよ」

「よくやった。本当に強くなったな。前回までとは見違えたぜ」

「賛辞と素直に受け取っていいんだよな？」

「勿論だ。とはいえ、まだ気を抜くんじゃねーぞ。この後に本番も控えてるんだからな」

「ああ、分かってるよ」

ランドルは光の粒子となって、足元に現れた魔術陣へ吸収される。

これで異世界の残滓は全て片付けた。

「さあ、出てこいよ。決着をつけようか。カオス・フロンティア」

俺の言葉に呼応するかのように、目の前にあの黒い少女が姿を現した。

●

待っていましたと言わんばかりに目の前の空間が歪んだ。

現れたのはあの黒い少女である。

「強化された異世界の残滓を相手にここまで優位に戦いを展開するとは。お見事です」

彼女はパチパチと拍手を送る。その姿はまるでかつてクエストを達成した時のユキのような仕草《しぐさ》であった。

「強化された、ね……。何となく予想はついてたけど、やっぱりお前が手を回していたのか」

「本体のエネルギーの欠片《かけら》を分け与えただけですよ。前座としては盛り上がったでしょう?」

黒い少女はくすくすと笑う。

やっぱり異世界の残滓たちが強化した原因はカオス・フロンティアだったか。

残滓の力で俺たちを倒せればよし。倒せなくても消耗させれば問題なしってところか。

「……本体はどうした？」

「最後にもう一度、貴方がたと話がしたかったので。……考えは変わりませんか？　今ならばまだ間に合います。滅びを逃れ、新たな世界で生きる気はありませんか？」

それは彼女にとって最後通告なのだろう。

もしイエスと言えば、彼女は本当に俺たちを新しい世界へ招くだろう。

滅びを免れた幸運な者たちとして、新たな世界で幸せを享受することができるのだ。そんな素晴らしい未来を拒絶するなどあり得ない。何故、わざわざ困難に立ち向かうのか？　何故、わざわざ勝ち目のない戦いに身を投じるのか？

これは俺たちの健闘を讃えた彼女なりの――カオス・フロンティアの精一杯の施しなのだ。

ああ、やはり分かり合えない。

「言っただろ？　答えは決まってる。『ノー』だ」

「……本当に意味が分かりません。何故、拒むのですか？　何故、何故、何故……どうしてっ！」

最後はまるでかんしゃくを起こした子供のような声音だった。

本当にこれがあの超然たるカオス・フロンティアなのかと疑いたくなるくらいだ。

「その通りよ、クドウカズト」

声が聞こえた。

先ほどと同じように空間が歪み、そこからユキが姿を現す。

「ユキ！」

「ほう……これはこれは。また会えるとは思ってもいなかったよ」

アロガンツにとっては俺以上に因縁《いんねん》の深い相手なのだろう。怨嗟《えんさ》のこもった声だった。

「カズトの力を借りなければ形も保っていられない小骨《カルシウム》は黙っていてもらえるかしら？」

「き……貴様……。誰が小骨だ！」

血管が通ってないアロガンツの頭蓋骨に青筋が浮かんだように見えた。思わず心の中で噴き出してしまう。

「ユキ、貴方からも説得して下さい。私には彼らが拒む理由が理解できません」

「どうして私がアナタの肩を持たなきゃいけないのよ？　でもそうね……自分の存在をきちんと『認める』なら手伝ってあげても構わないのだけど？」

「ッ……」

ユキの言葉に、黒い少女は明らかに苛立《いらだ》つような表情を見せた。

「違う……！　違います！　私はカオス・フロンティア！　この世界を滅ぼす存在！　決して、貴方と同じ存在ではない！」

黒い少女は空に手をかざす。

次の瞬間、頭の中にアナウンスが響いた。

《――ザザ――ザザザザザザザザザザザザ――ザザ、ザザザザザザザザザザザ》

《再設定──失敗。システムの異常を確認。別世界の残滓消滅に伴い、世界終末処理を開始》
《これよりカオス・フロンティアが出現します》
《繰り返します》
《これよりカオス・フロンティアが出現します》
《カオス・フロンティア顕現に成功。これより世界が崩壊します》
《繰り返します。カオス・フロンティア顕現に成功。これより世界を崩壊させます》

それはかつてのループで聞いたのと同じ内容。

絶望を告げる鐘の音。

アナウンスが終わると共にカオス・フロンティアがその姿を現した。

「「「………ォォォオオオオオオオオオオオオオオオオオオ……」」」

その異様に隣にいたアロガンツから息をのむ気配が伝わる。

この姿を見るのもこれで三度目。いや、中央サーバーで出会ったのも含めると四回目になるのか。

コイツを攻略しなければ俺たちは終わりだ。

「……これがカオス・フロンティア。世界の理《ことわり》か。なるほど、確かにこれは……」

「ふふ……もう終わりですね。私の誘いを断った事をせいぜい後悔するがいいです……」

勝ち誇ったように笑みを浮かべる黒い少女。

それを見て、俺は何とも言えない気持ちになる。目の前の少女がどうしようもなく哀れな存在に思えて仕方なかった。

「……な、なんですかその顔は？　なにか言いたいことでもあるのですか？」

俺の反応が理解できなかったのか、黒い少女は怪訝そうな表情を浮かべる。

一歩、俺が前に出ると、彼女は怯《おび》えたように後ずさった。まるで俺を拒絶するように。

「……そうか。やっぱりユキが言った通りだったんだな」

「何を……？」

「ユキからお前の事は聞いていた。お前はカオス・フロンティアじゃない。ユキと同じシステムによって創られた存在だと」

「違う！　私はカオス・フロンティアです！」

「ならどうして本体が顕現してもお前はそこにいる？　もしお前が本当にカオス・フロンティアなら本体が顕現した時点でお前はお役御免で消えるはずだ」

その言葉に、彼女は目に見えて動揺した。

「ッ……それは、私にはまだ役目があるから……」

「なんの？　どういう役割がある？　これから滅ぶ世界で、滅ぼす事しかできない存在が、他に何の役目があるというんだ？」

「それは……」

彼女は言葉に詰まり何も言い返せない。ここまでくると本当に可哀《かわい》そうだな。

「おい、クドウカズト。彼女に構っている暇があるのか？　後ろのデカいのは今すぐにでも我々を攻撃してきそうなのだが？」

「分かっている」

でもどうしても俺にはこの黒い少女が気がかりだった。今までのループにおける明らかな異物。

その理由はおそらく――。

「アナタの考えてる通りよ、クドウカズト」

「ユキ……」

「アナタの『英雄賛歌』のおかげで私のシステム上の権限もかなり上がった。……いや、彼女によって上げられたというべきかもね。ともかくギリギリになったけどこちらの準備は整ったわ。これを」

ユキは俺に向けて手をかざす。

すると目の前に薄紫色の水晶が現れた。

「これは……？」

「アナタの要望に合わせて用意したスキルを視覚化したものよ。使えるのは一度だけ。使い方はこれに触れればすぐに分かるわ」

「……ありがとう」

俺が触れると、水晶はパズルのようにばらばらになって俺の体の中へと取り込まれた。

同時にその使い方が頭の中に流れ込んでくる。

さあ、システムよ、応えてくれ。

《――ザザ――ザザザザ――ザザザザザザザザザザザ》

《ザザ――ザザザザザザ――ザザザザザザ続――接接接ザザザ》

それはかつてアロガンツが申請した時のような激しいノイズ音。同時に凄まじいほどの頭痛が俺を襲う。

「うっ……ぐぅぅ……」

《ザザザザ――接続――接続――失敗》

《対象個体が条件を――ザザ――満たして――ザザ異ザザ――》

《否《いな》――否否否――ザザザザ――接続――接続――成功》

《申請を受理しました》

《中央サーバー【ブラックボックス】より特別申請許可》

《固有スキル『世界創造』を取得しました》

《尚、この固有スキルを使用できるのは一回だけです》

やった。

俺は歓喜に震える。

賭《か》けに勝ったのだ。脳内に流れるアナウンスと共に、ステータスの固有スキルの欄に新たなスキルが刻まれる。

固有スキル『世界創造』。文字通り新たな世界を創りだすスキルだ。

アナウンスの中に気になるメッセージが含まれていたが、それについてはユキの発言からも見当がついている。

だからこそ俺もこのスキルを手に入れることができたのだから。

「……いいのかい？」

アロガンツが最終確認のように聞いてくる。

事前にコイツとリベルさん、ユキにだけは俺の計画の全てを伝えてある。本当はリベルさんとユキ以外誰にも話すつもりはなかったのだが、コイツの場合、俺の所有物だったこともあり、俺の思念を受け取ってしまったのだ。

だからこれから俺が行う事も、コイツは全部知っている。知った上で問うているのだ。

「ああ。悪いけど、奈津さんや皆には後でお前から説明してくれないか」

「事前に君から話せばよかったじゃないか」

「それだと決心が鈍りそうなんだよ。俺、強い人間じゃないからさ……」

ちらりと奈津さんの方を見る。

「……カズトさん、どうかしましたか？」

「いえ、なんでもありません。最後の戦いに集中しましょう」

さあ、集中しろ。俺はスキルを発動させる。

《――スキル『世界創造』を発動します――失敗。エネルギーが足りません》

エネルギー不足か。だが、それは想定内。

「リベルさん！」

「ええっ。エネルギーを転送するわ」

直後、リベルさんから莫大なエネルギーが俺へと送られる。

《異世界の残滓がクドウ　カズトへ譲渡されました》

直後、俺の体内で爆発的なエネルギーの渦が生まれる。

「ッ……凄いな。今にも体が弾けそうだ」

流石、異世界の残滓。とんでもないエネルギー量だ。俺はもう一度『世界創造』を発動させる。

さあ、これならどうだ?

《――スキル『世界創造』を発動します。スキル発動まで残り十分です》

成功した。

でもどうやら発動するまでには時間がかかるみたいだ。……ユキの予想通りだな。

「スキル発動まで十分かかる！　それまでの間、カオス・フロンティアを抑えなきゃいけない！」

「十分か……。無理を言ってくれる。すぐにモンスターたちを呼び戻す」

「奈津さんも皆に集合するように連絡を！　奴を十分抑えれば、俺たちの勝ちです！」

「わ、分かりました」

さあ、世界の命運を賭けた十分間だ。

カオス・フロンティアは顕現してすぐに世界を滅ぼすわけじゃない。

実際、今までのループで奴は出現してからしばらくの間、俺たちと戦闘を繰り広げていた。

カオス・フロンティアは世界を滅ぼすまでに——正確にはその力を行使するまでに多少の時間がかかるのだ。

逆に言えば、それまでは世界を滅ぼせない。

俺が死ぬまでの時間で逆算すると三分。

でも一回目、リベルさんの記憶にあった本当に最初のループでは五分だった。

その二分の誤差を生み出していたのは何か？

——俺たちの攻撃だ。

つまりカオス・フロンティアはダメージ受ければ受けるほど、世界を滅ぼすのに必要な時間が伸びる。

俺が『世界創造』を発動させるまでの十分。なんとしても全員で時間を稼ぐ。

「うぉぉおおおおおおおおおおおおおおおおおおおっ！」

雷遁、火遁《かとん》を二重付与した忍刀で一気にカオス・フロンティアの触手の一本を切り刻む。

「効率が悪いね。こういうのは大技を使うのさ」

するとアロガンツが魔剣から巨大な斬撃を発生させ、カオス・フロンティアの中心部分に巨大な亀裂を発生させた。

更にソラとフランメが巨大なブレスでカオス・フロンティアの触手を片っ端から焼き払ってゆく。

『ふむ……巨大な破壊ならば我々竜に勝る者などおるまいて。はっはっは』

『このままどんどん焼き払っていこう。……おっと』

迫りくる巨大な触手をフランメの炎が燃やし尽くす。しかし触手は焼き払われることはなく僅かに表面を焦《こ》がす程度であった。だがその隙にフランメはソラと共に攻撃をかわす。

『驚いたな……もう我々の攻撃を学習しているのか』

『カズトに聞いたが、コイツには同じ攻撃は効かんらしい。ブレスの属性を変える』

『……』

『どうしたの？　何か気になる事でも？』

『いや……君が人間の名を呼ぶことに少し驚いただけだ。良い者たちに巡り合えたようでなによりだ。ほら、私の言った事は正しかっただろう？』

『……知らんっ』

いや、お二人さん。イチャついてないでどんどん攻撃してくれよ。

一方で地上では西野君やあや姉、河滝さんらのグループが前方から、藤田《ふじた》さんの市役所チームと自衛隊のメンバーが後方から挟撃する形でカオス・フロンティアへの攻撃を続けている。

――残り八分。

「カズト！」

「リベルさん……？　動いて大丈夫なんですか？」

「こっちの仕事はもう終わったから問題ないわ。私も参加する。いいわね？」

「ッ……お願いします」

リベルさんは頷くと、手に持った杖を掲げる。彼女の本当の武器『賢者の杖』を。

莫大なエネルギーが集約され、彼女の背後に無数の魔術陣を生み出す。

「さあ、死王の全力――その身に受けなさい！」

放たれる無数の光線。

それらは一つも漏れずカオス・フロンティアへと直撃した。

かつてない規模の大打撃。一気にカオス・フロンティアの体の三割近くが削られる。

「「「――演算完了――反撃開始――」」」

だが次の瞬間、カオス・フロンティアの体は瞬く間に再生し反撃に転じる。

「ッ……私の攻撃を一瞬で。嫌になるわね、まったく！」

「リベル様」

リベルに向けられた攻撃を、アロガンツが弾く。

「アンタは……？」

「お久しゅうございます。再びアナタとまみえる日を心待ちにしておりました」

「いや、誰……？」

「分からぬのも無理はありません。あの世界でアナタには大勢の配下がいた。私はその中のただの名もなきアンデッドの一体に過ぎませんでしたから。ですが――」

アロガンツは魔剣を振りかざす。

生み出されたのは違う腐食と振動を付与された斬撃だ。先ほどとは異なる種類の攻撃。

再びカオス・フロンティアの体が大きく削られる。

「今はアロガンツと名乗らせて頂いております。この力、今こそアナタのために！」

「え、いや……うん。頑張ってね？」

「ははっ！」

奮闘するアロガンツと、なんかよく分からないけどまあいいかという表情のリベルさん。……温度差が酷い。いや、俺はアロガンツからリベルさんとの関係は事前に聞いてたけど、それにしたってここまで認識にズレがあるとは思わないじゃん。

――残り五分。

本来であればカオス・フロンティアは既に世界を滅ぼす準備を終えているはず……。だがその兆候は見られない。……順調だ。少なくとも、ここまでは。

「「「――諦《あきら》めろ――」」」

カオス・フロンティアの声が響く。

体のいたるところから生まれた無数の口が全域に声を届ける。

「キキッ！　全員に支援《バフ》を！　あの声は聞いた者の精神を汚染する！」

「きゅぅー！」

すぐさまキキがパーティーメンバー全員――この場にいる全ての仲間に支援《バフ》を行う。

これで精神汚染は防げる。

「ぬぉぉおおおおお！　血装術連打あああ！　かったい！　駄目だこれ。もう斬れないよ」

「『動くな』！『動くな』！『動くな』！　……こっちも駄目だ、効果がない！」

「ぼ、僕も……。もう僕の『嫉妬』じゃアイツのステータスを下げられない……」

西野君たちの攻撃手段が尽きる。

「…マズイわよカズト。皆、どんどん攻撃の手数が減ってきている。このままじゃあと二分も持たないわ」

「くっ……」

こっちはまだ残り三分。たった一分でも遅れてしまえば、カオス・フロンティアに世界を滅ぼされる。

「「「――諦めろ――諦めろ――諦めろ――諦めろ――」」」

カオス・フロンティアの声が響く。

諦め……られるか！　ようやくここまで来たんだ！　絶対に諦めない！　絶対にだ！

「サヤちゃん！　『強欲』で新しい攻撃スキルを創るんだ！　五十嵐さんは他のメンバーと連携してサヤちゃんの負担のカバーを！　サヤちゃんのダメージを最小限に！」

「分かった！　強い攻撃……とにかく強い攻撃スキルが欲しい……お願い！」

「比翼転輪！　サヤちゃんの強欲のダメージを私やパーティーメンバーへ！」

サヤちゃんの体が光り輝く。

「クロ！　一緒に攻撃して！　スキル『比翼連刃《れんじん》』！」

「ワォォオオオオオンッ！」

サヤちゃんとクロが新たな攻撃を繰りだす。

これは……サヤちゃんとクロの攻撃を融合させるスキルか。融合したスキルは新たな攻撃としてカオス・フロンティアのチャージを遅らせる。

――残り二分。

「奈津さん！　武器創造で新しい武器を！　無理ならガチャを！　残り全てのポイントをつぎ込んでもいい！　何でもいいから新しい攻撃スキルを！」

「もうやってます！　ちょっと待って下さい！」

奈津さんは凄まじい勢いでガチャを回す。白玉、白玉、白玉……そして金色の玉が出る。

「あ、やりました！　良いスキルです！『砲門射撃』！」

次の瞬間、奈津さんの周囲に巨大な砲門が出現、カオス・フロンティアへ攻撃を行う。

流石、奈津さんだ。この状況でとんでもない当たりを引いてくれる！

「きゅー！」

即席のスキルだが、キキの支援《バフ》と奈津さんの種族『真祖人』ならばＬＶ１～３程度のスキルでもその効果を数倍に引き上げることができる。

更に『武器創造』で作った新武器を一斉に投擲。槍《やり》だろうが剣だろうが盾だろうがとにかく投げる！　なんでもいいんだ！　当たればそれだけでカオス・フロンティアのチャージを送らせることができる。

――残り一分。

「ぬぉおおおおおおお丸太落としいいいいいいい！」

五所川原さんの丸太が砕ける。

「ぐっ……駄目だ。これ以上は……」

「お父さん、諦めないで！」

「アナタ！　私たちがついていています！」

「二人とも……どうしてここに？　いや、ありがとう。二人のおかげで力が湧いてきたよ！　ぬぅぅあああああ！」

五所川原さんが奥さんと娘さんと共に突撃する。娘さんはともかく奥さんは戦闘用のスキルは殆《ほとん》ど持っていなかったはずなのに無茶をする。

――残り五十秒。

「ッ……駄目だ。もう攻撃スキルが……いや、これで最後なんだ。『強奪』の可能性を試してやる！」

河滝さんがカオス・フロンティアへ向けて手をかざす。

すると次の瞬間、河滝さんの手にカオス・フロンティアの欠片が出現した。河滝さんはそれを粉々に砕く。

「……なるほど。ほんの少しの欠片なら私の『強奪』で奪えるみたいだね……。無効化されるまで何度でも奪ってやろう！」

だが同時に凄まじい反動が河滝さんを襲う。相手は世界の理だ。欠片とはいえその一部を奪うなんてとんでもない負荷がかかるのだろう。

――残り四十秒。

「ハァ……ハァ……まだまだ。行くよ、ハルさん！」

「フニャァー！」

あや姉たちが残り僅かな攻撃手段でカオス・フロンティアを攻撃する。どうやら味方のスキルをハルさんの固有スキル『変換』で別のスキルへ変えて攻撃しているようだ。ちなみにハルさんは三毛猫の雄だ。モモみたいに動物が固有スキルを手に入れたパターンである。

「ふっ、ふひひひひっ！　まだです！　海王様とコラボすれば！　私の『断絶』はパターンを変えるのです！　これで……いたっ！　スキルの反動があああ」

『無茶をするな！　馬鹿者！』

氷見さんが海王様と連携して数種類の結界を展開。カオス・フロンティアが適応する度に、そのパターンを変えてゆく。

――残り三十秒。

「ハァ……ハァ……もう駄目……。攻撃スキルが全部無効化されたんなら……スキルなんて使わないで攻撃してやる！　おりゃあああぁ！」

「なっ……六花！　それは無茶だ！」

「ここで無茶しないでいつ無茶すんのさ！　私は絶対最後まで諦めないもん！」

「六花……。ああ、もう！　スキルが尽きた連中は俺と六花に続け！　鉄パイプでも石でもなんでもアイツにぶつけるんだ！」

「おらぁぁあああ！」「やってやらああああ！」「死ねおらああああああ！」

西野くんも六花ちゃんも、誰一人、攻撃手段が尽きても戦う事を止めなかった。

――残り二十秒。

「どうして……どうしてそこまで抗えるの？　絶対の存在に……世界の理に勝てるはずなど無いのに……理解できない！」

黒い少女が叫ぶ。

「何故かって？　そんなの決まってる。俺たちが生きたいのは今この世界だ。この世界を滅ぼされると分かっていて、抗わない訳がないだろうが！」

全員がひたすら攻撃を行う。

――残り十秒。

全員の攻撃手段が――完全に尽きた。

ありとあらゆる攻撃をカオス・フロンティアは耐えきったのだ。

「「「――終末処理を行います――」」」

無慈悲に響くカオス・フロンティアの声。

嘘だろ……ここまで来てもう手詰まりなのか？　いや、考えろ、考えろ、考えろ、考えろ。

まだ何かあるはずだ。

まだ、何か――。

「…………あ」

不意に、俺はカオス・フロンティアに向けて手をかざす。

それは殆ど無意識に近かった。

もう使わないでいた。そもそもこれは本来『攻撃』に使う用途のスキルじゃない。

その後、忍術や他の強力なスキルが手に入ってからはすっかり戦闘では使わなくなってしまっていた。

この世界で、俺が最初に使ったスキル。

「――アイテムボックス」

カオス・フロンティアの頭上に巨大な岩や重機、建造物が出現する。

それらは重力に従って、カオス・フロンティアへと激突した。

「「「――――ッ――――!?」」」

それは本当に一瞬。僅かだがカオス・フロンティアの動きを確実に阻害した。

――ゼロ。

《チャージが完了しました。スキル『世界創造』が発動可能です。発動させますか?》

当然、イエスを選択――しようとして一瞬、俺は止まる。

「カズトさん……?」

「奈津さん。……俺は」

ああ、どうしようもない。

この大事な局面で、俺はまだ捨てきれていない。

未練が、ある。ここに残りたい。皆と一緒にこの世界で生きていたい。

ここまで色々な事があったんだ。何度、何度も奈津さんと、モモと、皆と乗り越えてきた。

その全てが走馬灯のように蘇る。

「……俺はアナタと出会えて、アナタの仲間になれた事を、共に戦えたことを心から誇りに思います」

「え……なんで、今そんな事を……？　まさか――」

奈津さんは何かに気付いたようにハッとなる。そしてその予想は当たっている。

このスキルを使えば、俺は新しい世界から戻って来れなくなる。

「お別れです」

カオス・フロンティアだけを新世界に飛ばす事はできない。誰かが向こうの世界に連れて行かなければならないんだ。

「ま、待って下さいカズトさん。そんな、そ、そういうのは駄目ですよ……。良くないです。ま、待って――」

「わんわんっ！　……くぅーん？」

モモや奈津さんが泣きそうな顔で俺を見つめてくる。

駄目だ。泣くな。精一杯の笑みを浮かべろ。そうじゃないと絶対に後悔する。

俺は笑って皆に手をかざす。

「……皆さん、今までありがとうございます」

「待って！　駄目――」

「行ってきます」


――スキル『世界創造』発動。


俺の言葉と共に、まばゆい光が溢れ出す。

そして俺とカオス・フロンティアはこの世界から消えた。

転章　新世界にて

世界を創造するとはどういう事なのか？

正直、俺《おれ》にもよく分かっていないというのが本音だ。

だって世界を創るなんて、自分で言っておいてなんだけどスケールがデカすぎてイメージが湧《わ》かないだろ普通。

でも、そうだな。感覚としては『進化』した時の感覚に近い気がする。

あの時は自分の内側が創り変えられているような感覚だったが、世界創造はその感覚が、自分『以外』の全てが創り変えられているようなイメージとでも説明すればいいのだろうか？

一体どういう理屈で、どういう原理でそれが行われているのかは分からない。

分からないが、結果として新しい世界はできあがった。

真っ黒な闇《やみ》がどこまでも広がっている空虚な世界が。

「「「――オォ……？」」」

その中心にカオス・フロンティアはいた。

コイツには何がどうなっているのかも理解できていないのだろう。

「ここは俺とお前しかいない新しい世界だよ」

「……」

固有スキル『世界創造』は、文字通り新しい世界を創りだす埒外《らちがい》の効果を持つスキルだ。

これを使って新たな世界を創り、俺とカオス・フロンティアだけをこの世界に転移させる。

ここまでは上手《うま》くいった。

問題はここからだ。果たしてこの新しい世界は、俺の考えている通りの世界なのか？　それに全てがかかっている。

「ォォゥ……」

カオス・フロンティアは無数の触手を振るう。同時に、世界が揺らいだ。

「ッ……⁉」

それはかつて俺がループで見たのと同じ。世界の理《ことわり》とよばれる存在の絶対的な力。

だが――。

「――……ォゥ？」

初めてカオス・フロンティアが困惑したような声を上げた。

世界が揺らぎ、空間がたわんだ。

だが――それだけだ。世界は壊れない。滅びない。終わりは迎えない。俺は内心ほっとした。

「ォォオオオ！　ォオオオオオオオオオオ！　オオオオオオオオオオオオオオオ！」

カオス・フロンティアは更に激しく暴れ回る。

その度にグラグラと世界が揺れる。だが前のループで起きたような現象は発生しない。空は砕けない。大地は引き裂かれない。世界は――壊れない。

当然だ。ここはコイツの名前となった世界、『カオス・フロンティア』ではないのだから。

「……ォォオ？」

「とっくに理解はできてるだろ？　ここはもう俺たちがいたあの世界じゃないんだよ」

俺はアイテムボックスから忍刀を取り出し、雷遁《らいとん》を付与する。

（よし、スキルは問題なく使える）

俺はカオス・フロンティアへ向けて攻撃を放つ。

空間ごと断絶するかのごとき斬撃はカオス・フロンティアの巨大な触手の一本を切り裂いた。

「――ェた」

その瞬間、かつて聞いたのと同じあの声が切り裂いた触手から聞こえた。

見ると、そこには小さな『口』が生えていた。

「解析――完了……了……析――解析――再継続――不可――不可――――？　？　？」

だがその声が不規則に揺れる。

「解析できないだろ？　言っただろ。ここはお前の世界じゃない。俺の創った世界なんだ」

元の世界に比べればずいぶん杜撰《ずさん》で未熟な世界だ。

だがそれで十分なんだ。

不完全で、不出来な世界であっても、新しい世界であるという事に意味がある。

「『世界創造』の所有者は創りだした世界では文字通り神の如《ごと》き力を扱える。その世界における絶対存在になるんだ。……お前と同じようにな」

「………ォォオアァァアア」

カオス・フロンティアは世界の理――いわば絶対存在だ。絶対存在を倒すためには自分も絶対存在になる以外に方法はない。

この世界において俺は神だ。不死身の存在だ。

俺に勝てるものは存在しない。……同じ存在を除いて。

「……ォォォオオオオオオオアアアアアアアアアアアアアアアアアアアアアアアアアアアアッ！」

カオス・フロンティアは怒り狂ったかのように全身を震わせる。

その度に空間がガラスのように砕けそうになるが、砕けない。

「お前が壊せるのはあくまであの世界だ。こっちの世界じゃない」

そう、カオス・フロンティアは理の存在だ。

この世界を滅ぼす。その世界において絶対的な存在だ。

だからこそ、別の世界ではそのルールは適用されない。

「雷遁再付与」

俺はもう一度忍刀を振るう。

その斬撃は黒い次元の歪《ひず》みとなってカオス・フロンティアの一部を消し去った。反応は顕著だった。

「――――ォォオオ……？」

今までとは違う明確なダメージに戸惑っている。

だがそれでもカオス・フロンティアは絶対存在だ。すぐに体は再生する。

ならどうするかって？　そんなの決まってる。

「永遠に付き合ってやるよ、カオス・フロンティア。この世界で永遠に殺し合おうぜ？」

時間はまだまだたっぷりある。それこそ無限にな。

「～～～～～～ッ」

初めてカオス・フロンティアが悲鳴のような声を上げた。

おいおい、絶対存在が人間みたいな反応するんじゃねーよ。そんなの――まるで俺の方が化け物みたいじゃないか。

「いやいや、化け物だろ」

「同感。実に化け物」

「だな。そんだけの精神力もってりゃ十分に化け物だ」

「ああ、ですが彼のおかげでリベル様も向こうの世界も救われたのです。化け物に感謝を……」

次々と俺の思考にツッコミが入る。振り向くと、そこにはランドルたちがいた。

『忍神』シュリ、『炎帝』グレン、『水守』オリオン、『剣聖』ボア、『拳王《けんおう》』リアルドと勢揃《せいぞろ》いだ。

「……人の思考を読んでツッコまないでもらえます？」

「それはすまんな。てっきりツッコミ待ちかと思ったよ」

「がっはっは。いいじゃねぇか。俺は好きだぜ、そういうの」

「……私も嫌いではないな。少なくともその自己犠牲の精神は本物だ」

ランドルの言葉に拳王リアルドと剣聖ボアが続く。

「ガルルルルゥ……」

更に後ろには破獣の姿もあった。向こうでの敗北が堪《こた》えたのか今はずいぶんと大人しい。

「勢ぞろいですね。てことは、ユキに頼んでいた方も成功したのか」

「そうみてぇだな」

これで俺の考えていた計画はほぼ完璧《かんぺき》にクリアされた。

ユキに頼んでいた事。それは異世界の残滓《ざんし》の『殻』を消滅させるのではなく、存命させてこの世界へと転移させることだ。

リベルさんや残された皆は召喚した残滓が全て消滅したと思っているだろう。

だが正確には違う。

倒された残滓は『殻』と共に中央サーバーへと転送され一時的に保管されていたのだ。

そして俺が『世界創造』によってこの世界を創ると同時に、異世界の残滓を殻ごとこっちの世界へ転送してもらったのである。

俺のパーティーメンバーであり、英雄賛歌によって固有スキル『天地創造』を持つユキだからこそ可能だった手段だ。

でもこれは残滓が消滅した事にはならない。

だからカオス・フロンティアが予定通りに現れてくれるか賭《か》けだったが、どうやら成功したようだ。

（でもこれは流石《さすが》にあからさま過ぎるな……。やっぱり俺の予想は正しかったか……）

最後に確認したいことができたが、それを確認することはもう俺には叶《かな》わない。

だって俺はこの世界から出られないのだから。

「で、俺たちまでこっちに連れてきたって事は、アレの相手するのを手伝えって事か？」

「話が早くて助かります」

「かっかっか。さっきまで殺し合いをしてた相手に手伝えってか。本当におもしれー男だな。俺も向こうでお前と戦いたかったぜ」

炎帝グレンが嬉《うれ》しそうに炎の獣たちを生み出してゆく。

「しかし何故《なぜ》、我々の『核』はアナタに協力的なのですか？」

「異世界の残滓はこの世界では『異物』とは認識されないように設定しました。向こうの世界とは違い消滅することはないんです」

「なるほど、そういう事なのですね――……ん？　お待ちください。消滅しない？　ということは、我々もずっとこのままって事ですか？」

「……そうなります」

つまり俺と一緒に永遠にここでカオス・フロンティアと戦い続けるという事である。

ひょっとしたら地獄の方がまだマシだったかもしれない。

「ッ……そんな……それでは……私はここでずっとカオス・フロンティアと戦い続けると……」

ブルブルと水守オリオンは身を震わせる。殻とはいえ、その人格や精神は本物だ。

「巻き込んでしまったのは申し訳ありません。ですが――」

「良かった。では私がここにいる間、リベル様はずっと向こうで平和に暮らせるのですねっ！　あ
あ、なんと素晴らしいのでしょうか。これ以上の喜びはありません。クドウカズトよ、アナタに感
謝をっ！」

オリオンさんはボロボロと涙を流し、感動するように打ち震えた。

「へっ……え？」

予想外のリアクションに俺の方が戸惑ってしまう。

「あの、いや……いいんですか？」

だってずっとだよ？　ずっとここで戦い続けるんだよ？　地獄だよ？

「地獄だなんてとんでもない！　リベル様が幸せでいてくれることが一番の幸せですから」

「そ、そうですか……」

「よし、そうと決まれば、お姉さん頑張っちゃいますよ！　えーいっ」

オリオンさんが手を振り上げると、凄《すさ》まじい量の水が現れ、カオス・フロンティアへと叩《たた》きつけ
られた。その威力は、向こうの世界の数倍。いや、下手をしたら数十倍になっているかもしれない。

「えー……」

いいの？　そんなあっさり受け入れちゃうの？

俺は他《ほか》のメンバーを見る。

「よっしゃ、んじゃ俺も戦うか。かぁー最っ高だな！　死なないで永遠に戦い続けられるとか最後
の最後でこんな最高のご褒美《ほうび》が待ってたじゃねぇか！　おら、いっくぜぇぇえええええ！」

「がっはっは！　ズルいぞ炎帝の！　俺も混ぜろおおおおお！」

グレンさんは数万の炎の獣たちと共にカオス・フロンティアへ突撃する。それに追従するようにリアルドさんも駆け出した。

「ん、最後の仕事。今度こそ、完遂《かんすい》する。ゴズ、メズ行くよ」

「ウモオオオオオオオッ！」「ゴラアアアアアアアアアッ！」

更にシュリさんも続く。

「ふむ……剣聖と名乗っているが、そういえば神を斬った事はまだなかったな。破獣や刃獣を超える存在とは。……実に胸が躍る」

ボアさんも極悪な笑みを浮かべて戦いに参加する。……なんなのこの人たち？

俺が言うのもなんだけど、なんでこんな状況でめっちゃ楽しそうなの？

「はっ、クドウカズトよ。予想が外れたか？　だが愚かだ。ずいぶんと俺たちを低く見積もってくれたな」

「……ランドル」

「俺たちは向こうの世界の英雄だぞ？　時代は違えど、世界の礎《いしずえ》となった者たちだ。そんな俺たちが、『世界を救う』なんて大それた目標を掲げられて、胸が躍らんわけがないだろう」

「…………」

「おい、破獣！　貴様もいつまで落ち込んでいるつもりだ！　新しいおもちゃはもう用意されているのだぞ！　しかも無限に遊べる一級品だ！　参加しないのなら貴様の分も我々が頂くぞ！」

ランドルの言葉に、それまで大人しかった破獣が反応した。

「………シャアアアアアアアアアアアアアアアアアアッ！」

まるでふざけるなと言わんばかりに、雄叫《おたけ》びを上げカオス・フロンティアへと襲いかかってゆく。

九つの頭を振りまわし、口から巨大なレーザーを放ち、無数の触手に叩きつける。

「貴様らとの戦いも悪くはなかった。だが、アレは俺たちの核に無理やり従った戦いだ。何度も言うが、あんなの俺たちの本意ではない。だからなんとしてもお前らには勝ってもらいたかった」

「ランドル……」

「そんな俺たちに与えられた新たな舞台。最高ではないか。俺たちは貴様らと戦い、そして貴様らの人となりを、生きざまを見せられたのだぞ？　そんな貴様らの世界を守るための戦いに、どうして恨《うら》み言などあるものか」

その言葉は俺の心にずんと染《し》みこんできた。

「……お前たちが最後の敵で良かったよ」

「そうだとも。俺たちと戦えたことを誇れ。さあ、戦うぞ、クドウカズトよ」

「ああっ」

俺とランドルもカオス・フロンティアに向けて駆け出す。

「ッ――待て！　離れるんだ！」

だが突如、剣聖ボアが叫ぶ。

一体何事かと思えば、カオス・フロンティアが動きを変えた。

「「「──ェァア……壊レ──ナイ世界──」」」

中心の巨大な塊《かたまり》から発せられる不気味な声。その声は今までよりもはっきりと俺たちに届く。

（なんだ……カオス・フロンティアから感じるこの気配……）

まるであの黒い少女のようなはっきりとした感情。

彼女はユキと同じシステム側の存在だったからこそ感情があった。

本体にはそんなもの存在しない。なのになんだ？　この違和感は？

「「──……喜……喜喜──キヒヒヒ──」」

少しずつブレていた声が収束してゆく。

「──嬉しい。嬉しい。嬉しい！」

そしてカオス・フロンティアははっきりと口にした。

言葉を。感情を。

「壊れない世界！　欲しかったもの！　手に入った！　嬉しい！　嬉しい！」

まるで赤ん坊のように。カオス・フロンティアは喜びの声を上げる。

（さっきのアレは怯《おび》えじゃなくて歓喜の震えだったのか……）

あの黒い少女の影響なのだろう。本来ならばあり得ない、世界の理の感情の発露。ここにきてカオス・フロンティア本体にも自我が芽生えたのだ。

「おいおい、いいのかこれ？」

「……問題ありませんよ。それならそれで好都合です」

感情が生まれたのであれば、いずれ理性も知性も芽生えるはず。

そうすれば『交渉』ができる。不可能だと思われていたカオス・フロンティアとの交渉が。

「永遠に戦い続けるつもりでしたが、案外早く決着がつくかもしれません」

「だとしても数千年はかかるぞ？　俺たちは平気だが、お前は大丈夫なのか？」

「大丈夫ですよ」

俺の心が折れることは絶対にない。

カオス・フロンティアとの永遠の戦いが始まった。

カズトが去った後、一之瀬《いちのせ》たちはアロガンツから作戦の全容を聞いていた。

「そんな……それじゃあカズトさんは……」

「ああ。今頃《いまごろ》、新世界でカオス・フロンティアと殺し合いをしているだろう。これから先、永遠にね」

西野《にしの》は思わずアロガンツに摑《つか》みかかる。

「どうして……どうして黙っていた……？　そんな重要な事を……どうしてっ」

「さっきも説明しただろう？　言えば、カオス・フロンティアに伝わる可能性があった。作戦の全貌《ぜんぼう》を知っていたのは私とリベル様、そしてユキの三人だけだ。それでもかなりのリスクが――」

「そんな事を言っているんじゃない！　そうじゃない……そうじゃないんだ……」

アロガンツは骨と薄皮だけの冷たい手で、西野の手をゆっくりと離す。

「……君の気持ちは痛いほどによく分かる。だが他《ほか》に方法はなかった」

アロガンツは西野に諭すようにその肩に手を置く。

一方、ユキは黒い少女へと近づいてゆく。

「アナタはこれからどうするの？」

「……」

黒い少女は答えない。

ただ項垂《うなだ》れたまま沈黙している。

「そうしてただ現実から目を背けていてもどうにもならないわよ？」

「……どうにも？」

ふっと黒い少女は自虐的に笑った。

顔を上げた少女の顔に張り付いていたのは絶望だ。なにせ彼女は自分の存在を根幹から否定されたのだから。

「私にどうしろというのですか？　私はカオス・フロンティアではなかった。アナタの言う通り、システムによって創られた存在。カオス・フロンティアだと思い込むように『設定』された存在ですっ。そんな私に今更何をしろと？　何ができるというのですか？」

「さあ？　それは自分で考えれば？」

「ふざけ――」

「やめなさい」

今にも取っ組み合いになりそうな二人の間にリベルが割って入る。

「……もう全てが終わった。今更言い争ったってなんの意味もないでしょう？」

「意味もない？　ふざけた事を！　私から！　意味を奪ったのはお前たちだ！」

「そうよ？　だからなに？　そうしなければ私たちは滅んでいた。抗《あらが》って何が悪いの？」

「貴様……」

黒い少女はリベルを睨《にら》みつける。

対するリベルはあくまでも冷静だ。

じっと黒い少女を見つめる。まるで『観察』するかのように。

「それにアナタは自分には役目がもうないって言っていたけど、それは本当かしら？」

「……どういう意味です？」

「そもそもアナタがカオス・フロンティアのアシストプログラムであるとシステムから『設定』されたのは何故《なぜ》？　わざわざシステムがアナタという存在を創った理由は何？　私はアナタの設定や生きる意味じゃなく、創られた『理由』の方がよほど気になるわ」

「……」

リベルの言葉に黒い少女は黙り込む。

代わりに口を開いたのはユキだ。

「……それについては多分、すぐに分かるわ」

「どういう事？」

ユキはリベルの問いには答えず、一之瀬の元へと向かう。

「奈津《なつ》、少しいいかしら？」

「……」

ユキの問いかけに一之瀬は答えない。

ただ座ったままずっと己《おのれ》のステータスプレートを操作している。

「……パーティーメンバーにカズトさんの名前が無いんです。だからもう一度、パーティーメンバーの申請をしようと思って、メールの送信用の名前の欄を見ても名前が無いんです。どこにもカズトさんの名前が無い……無いんですよ」

「それは当然よ。彼はここと違う世界に渡った。この世界に存在しない者にメールは送れないし、パーティーの申請だってできないわ」

「……」

「それでアナタはどうするの？　彼を諦《あきら》めるの？」

「……諦める？」

その言葉に、一之瀬はゆらりと立ち上がる。

「何を、諦めるって言うんですか？」

その眼には、強い光が宿っていた。

「諦めるわけないじゃないですか？　私はカズトさんのパーティーメンバーです。諦めの悪さは誰にも負けません」

それを聞いた瞬間、ユキは口元に笑みを浮かべた。彼女はまるで挑発するように口を開く。

「だったらどうするの？」

「決まってるじゃないですか。探すんです！　カズトさんを！　向こうの世界に渡る方法を！　向こうの世界からカズトさんを呼び戻す方法を！」

その言葉にそれまで俯《うつむ》いていた面々が顔を上げる。

「できると思うの？　そんな事？」

「そうやってできたのがカズトさんです。なら私だってできないなんて思わない。もう一度言いますよ。私は諦めが悪いんですっ」

どんっと胸を張る一之瀬に、ユキは笑みを深める。その言葉が聞きたかったのだと云わんばかりに。

「……その通りよ。アナタたち人間はとても諦めが悪い生き物だものね。羨《うらや》ましいくらいに」

「ユキちゃん……？」

ユキはすっとどこかを指差す。

その先にはあの黒い少女がいた。

「……？」

「その諦めの悪さに免じて教えてあげるわ。カズトともう一度会う方法を――」

●

一方その頃、カズトは新たに創造された世界でカオス・フロンティアと殺し合いを続けていた。

既《すで》に何百年経過したのかも分からない。

ひょっとしたらまだ数時間も経《た》っていないのかもしれない。

なにせこの世界には太陽も月もなく、時間という概念すら存在していないのだ。

ただ新たに創られた『だけ』の世界。

それはなんのプログラムもアプリもインストールされていない新品のパソコンみたいなものだ。

何をする事も可能。だが何をしたとしても、片っ端からカオス・フロンティアが消滅させるため、
その世界はずっと新品のまま、劣化だけが進んでいた。

「かっかっか！　楽しいな！　燃やしても燃やしてもキリがねぇ！」

「がっはっは！　確かに最高だ！　これだけ殴りがいのある敵は始めてだぜ！　おまけに『核』の
サービスのおかげで怪我《けが》もすぐに治りやがる！　捨て身の戦法まで試せるなんざありがてぇ！」

「……まったく脳みそまで筋肉でできてるおっさんどもにはうんざりする。私は疲れたから先に少
し休ませてもらう。ゴズ、メズ。おいで」

戦い続ける拳王リアルドとは対照的に、シュリはお供と共にお休みモードに入る。

「ふぅー、流石《さすが》にここまでやっても倒れないとか凹《へこ》むな。流石、世界の理《ことわり》。俺の世界で戦った時
よりもずっと手強いぜ……」

「お前も彼のように別の方法をとっていれば我々の世界も違っていたかもな」

「それは言わないでくれよ。悪いとは思ってんだから」

ランドルと剣聖ボアは無駄口を叩《たた》きながらもカオス・フロンティアへ攻撃を続ける。

「「「――ァァ……ァァァ……ァァァ……」」」

すると少しカオス・フロンティアの動きが鈍った。

「お、ちょっと動きが鈍ってきたな」

「おそらくは例の異分子の影響だろうな。我々と同じように明確な自我を与えられた影響が出てきていているのだろう」

「皮肉なもんだな。俺《おれ》たちを学習して強くなればなるほど、向こうは『弱く』なるなんて」

ランドルの言葉の意味はカオス・フロンティアには決して分からないだろう。

彼らの動きやスキル、精神を学習し、カオス・フロンティアは無限に強くなる。だが同時に、あの黒い少女のように感情や自我も成長してゆく。それは向こうの世界であればプラスに働くかもしれないが、この世界においてはそうは限らない。

「どんどん攻めるぞ！　奴《やつ》にもっと攻撃を加えて、俺たちの事を学習させるんだ！」

そしてランドルたちの攻撃が更に激しくなる一方で——

「あぁぁぁぁあああああああああ！　もう嫌だぁあああああ！　帰りたいいいいいいい！　向こうの世界に帰りたいよぉおおおおおおお！」

カズトの精神は色々限界に達していた。

「……謎《なぞ》。何故、そんな奇怪な叫び声を上げる？」

カズトと一緒に休憩していたシュリが胡乱《うろん》気《げ》な眼差《まなざ》しを向ける。

「もう限界なんだよ！　モフモフが！　モフモフが足りないんだ！　モモを心ゆくまで撫《な》でまわしたい！　お腹《なか》に顔をうずめてすーすーしたい！　アカのプニプニな感触も、キキのモモとは違うフワフワな毛並も！　駄目だ！　もう愛《め》でる事ができないって思えば思うほど恋しくなる！」

「ん、正直ドン引き。これが私を倒した男かと思うと心底失望する」

シュリがドブ川を見るような視線をカズトに向ける。

しかし何かを考え込んだ後、彼女は自分の頭をカズトの方へと向けた。

「……ん」

「え？　どうしたんですか？　急に頭をぐりぐりして？」

「……ん。撫でたいならいくらでも撫でて良い。甚《はなは》だ不本意だが、その……精神の安定を保つのに必要であれば頭を撫でられるのもやぶさかではない……」

シュリはそわそわとどこか落ち着かない様子でそう提案する。

それはきっと彼女なりの恩返しのつもりなのだろう。曲がりなりにもカズトは自分を倒した初めての男だ。そんな男があまりにも馬鹿馬鹿《ばかばか》しい理由とはいえ平常心を保てない事態に陥《おちい》っているのは見るに堪《た》えない。

ならば不本意だが、本当に、マジで、全然興味ないけど、仕方ないから、頭を撫でられてやる事もやぶさかではない。そうシュリは考え提案したのだが……。

「いや、要らないですよ。モモやキキの代わりなんて誰にも務まりませんし……その、すいません……」

カズトは速攻で断った。

「ッ……死ね、クソガキ！」

「モォォォオオオオ！」「ヒヒィィイイイインッ！」

「い、痛い！　痛いってば！　ごめ……ごめんなさい！」

彼女の怒りに同調するように従魔のゴズとメズがカズトをボコボコにする。とはいえ、何故自分がこれほど怒っているのか、彼女にはまだ理解できていないのだが……。

「あらあら、駄目ですよ。シュリちゃんの乙女心《おとめごころ》を弄《もてあそ》んじゃ」

「いや、別に弄んじゃいませんよ？」

「うふふ……こんな朴念仁《ぼくねんじん》に我々は負けたのかと思うと、シュリちゃんじゃありませんが、少しだけ悲しくなりますね」

オリオンはどこかからかうようにくすくすと笑う。あと意外と素は毒舌なようだ。

「それにしても本当にこのまま戦い続けるおつもりですか？」

それは何かを期待するような眼差し。その理由がカズトには分からない。

「……そうですよ？　他に何があるって言うんです？」

「えいっ」

オリオンはカズトにチョップをかます。全然痛くなかった。

「……？　な、なにを……？」

「分かってないですね。アナタは残された人々の気持ちがこれっぽっちも分かってないです。このあんぽんたんっ」

「あ、あんぽんたん……？」

そんな言葉久しぶりに聞いたとカズトは思った。

一方でオリオンはおかんむりだ。プンプンである。

「アナタの仲間なのですよ？　ここまで共に戦ってきたアナタの仲間がアナタの事を諦めると本当

に思っているのですか？」

「……思ってませんよ。でも流石にどうにもならないでしょう？」

「どうにかするに決まってます。リベルさんやあの白い女の子だっているんですよ。きっと今頃、アナタを連れ戻すための方法を模索しているに違いありません」

「どうしてそう言い切れるんですか？　俺たちと戦った……敵だったアナタに何が分かるっていうんですか……っ」

「敵だからこそだろうが、この馬鹿野郎」

「あ痛っ」

カズトは今度は後ろからランドルに殴られた。

今度はしっかり痛かった。

「な、何をするんですか！　ていうか、カオス・フロンティアの相手は？」

「今は破獣がやり合ってるから問題ねぇよ。向こうもずっと休みなしで戦ってるんだ。流石に消耗してきてるみたいだな。流石の世界の理様も別世界じゃそこまで絶対の存在じゃねーみてぇだ」

カズトはカオス・フロンティアに視線を向ける。

カオス・フロンティアは破獣と激闘を繰り広げているが、確かにその動きが徐々に鈍っているように見えた。

「つーわけで俺も休憩中だ。それで話は戻るがカズトよ。敵だった俺たちだからこそ分かるんだよ。お前らはどいつもこいつも諦めが悪い。どんな困難が立ちはだかろうが絶対に乗り越えようとする。

それはお前自身が一番分かってる事だろうが」

「……確かに俺たちは諦めが悪いです。でも今回ばかりは無理ですよ。それに俺がここから離れたら、それこそこれまでの行いが無駄に……」

カズトの言葉にランドルもオリオンもため息をつく。

「だから、それも含めて全部解決できるような方法を彼女たちは考えているに違いありません。いいじゃないですか、ハッピーエンド。そのためにこうして頑張ってきたのでしょう?」

「ここで終わりにするわけねぇだろ。お前はここで戦い続けながら信じて待てばいい。お前の仲間がお前を迎えに来るのを」

オリオンとランドルの言葉に、カズトは胸が打たれるような思いだった。

止《や》めてくれ。期待させないでくれと。

そんな事を言われれば、嫌でも信じてしまいたくなるではないか。

もう会えないと、今生《こんじょう》の別れになると思ってこの世界に来たのに、その決意が揺らいでしまう。

「会いたいだろう?」

「それは――……」

カズトは一瞬、躊躇《ためら》うような表情をする。しかし、自分の気持ちは誤魔化《ごまか》せなかった。

「……会いたいですよ。帰りたいですよ。皆に会えないなんて嫌に決まってる。……信じていいんでしょうか? 奈津さんが、モモが、皆が俺を迎えに来るって……」

「当たり前だ。お前が信じなくて誰が信じるっていうんだよ」

ああ、本当に自分は駄目だとカズトは思った。どこまでも諦めが悪い。

そして自分は愚かだった。自分がこんな行動をすれば残された者がどうするかもっと考えるべきだったのだ。

「さて、休憩はもう十分だろ。再戦だ」

「……はいっ」

決意を新たにカズトはランドルたちと共に再びカオス・フロンティアとの戦いに身を投じようとした。

すると、今まで戦っていたリアルドが急に声を上げた。

「おい！　カオス・フロンティアが光り出したぞ！」

「……えっ？」

見れば、確かにカオス・フロンティアの中心部分に謎の光が発生していた。

どこか懐《なつ》かしい、とても温かな光が。

「はっ……やっぱり俺たちの言う通りだったじゃねぇか」

「ああ、やはり祈りはどこまでも届くのですね。素晴らしい……」

——諦めない。それは決してカズトだけの特権ではないのだ。

「あ……」

その光は徐々に強く輝き、やがてカズトたちを包み込んだ。

「……ここは？」

意識が覚醒《かくせい》すると、俺は先ほどまでとは違う場所にいた。

無数の歯車と光線が行き交うあの空間――カオス・フロンティア中央サーバーに。

「なんでここに……？」

ひょっとしたら向こうの世界に戻れるんじゃないかと淡い期待を抱いたんだけど違うのか？

「――もう少しで……」

「――てるわよ。今――……」

少し離れたところから声が聞こえた。見るとユキとリベルさんがいた。

その姿を見て、俺はとてつもない嬉《うれ》しさがこみ上げてきた。帰れる。帰れるんだという確信がどうしようもないほどに膨れ上がってくる。

「二人とも！」

俺は二人に近づこうとして――そのまますり抜けた。

「……え？」

触ろうとしても触れない。

それどころか二人は俺に気付いてすらいない。俺の姿が見えていないようではないか。

「……どうして？」

ここはシステムの中枢じゃないのか？　俺は幻でも見ているのか？

『――幻ではありません。ここは紛れもなくシステムの中枢。彼女たちの力でアナタはこちらの世界に戻って来たのですよ』

声が聞こえた。

ユキでもリベルさんでもない知らない女性の声だ。だがそんな事はどうでもよかった。

「戻ってきた？　だったらどうして俺は二人に触れない？　どうして二人は俺に気付かないんだ？」

手を伸ばせば、そこにあるのに届かないもどかしさ。俺は焦燥《しょうそう》に駆られていた。

『アナタが一時的とはいえカオス・フロンティアに――理《ことわり》の側に近しい存在になったからですよ。理の存在は現実やシステムとはまた違う次元に存在する。意図的に下げることができなければ干渉する事も認識する事もできないのです』

「そんな……」

やっぱり俺は皆に会えないのか？

『でも、今のアナタだからこそ私は接触する事ができた。さあ、こちらへ』

その声と共に、俺は再び光に包まれた。

●

視界が切り替わる。

次に俺の目の前にあったのはドーム型の空間だった。

広さとしては学校の体育館くらいだろうか？

天井《てんじょう》にはプラネタリウムのように無数の星々が映し出され、足元には奇妙な紋様が浮かんでいる。

その中心にある円柱の上にはボウリングの玉ほどの球体が浮かんでいた。

真っ白な光を放つ球体だ。

『――初めまして、クドウカズト』

真っ白な球体から声が聞こえた。先ほども聞いた知らない女性の声だ。

「……アナタは？」

『ルリエル・レーベンヘルツ。人であった頃はそう名乗っていました』

その名前に俺は心当たりがあった。名前の響きやなによりレーベンヘルツという姓。

「ひょっとしてアナタはリベルさんの……？」

『はい。私はリベルの母親です。人であった頃は、ですが』

「人、ね……」

俺はその言葉に引っ掛かりを覚える。

『望みであれば人の姿で対応しますが？』

そう言うと、光の球体は人の姿へ変わる。

そこにはリベルさんに似た女性がいた。リベルさんは銀髪だったが、こちらは金髪の女性だ。そして――全裸だった。

「……何故裸なんですか？」

『言ったでしょう？　人としての姿は既に捨てているのです。再現する場合は、衣を纏《まと》う事はできません』

「……球体の姿でお願いします」

『分かりました』

全裸の女性が消え、再び球体が現れる。……正直、刺激が強過ぎました。ありがとうございます。

俺は気持ちを切り替えるように咳払《せきばら》いをする。

「それで……どうして俺をここに？」

『アナタの現状を伝えるために。そしてこの世界を救ってくれたお礼を述べたかったからです。大したお礼はできませんが、私に答えられる事があれば何でもお答えしますよ？　まだ時間はありますから』

「何でも？　えらく気前がいいですね」

『アナタはそれだけの働きをしてくれましたから。それ相応の対価を支払うのは当然でしょう。最も、世界を元に戻せというのは流石に不可能ですが』

「……じゃあ、とりあえず俺の現状を教えてもらっていいですか？」

光の球が頷《うなず》くように強く光った。

『分かりました。まず先ほども言いましたが、アナタは『世界創造』のスキルを手に入れた事で、一時的にですが、カオス・フロンティアと同じ理の側の存在となっています。理の存在は、己の役割以外で現実に干渉することはできません』

「……だからユキやリベルは俺に気付けなかったと？」

『その通りです』

「……カオス・フロンティアは世界を『滅ぼす』って役割でそのために世界に顕現する。それ以外では干渉できない。俺も同じように『世界創造』で世界を創る事が役割で、そのためでしか顕現できないと？」

『理解が早くて助かります』

ルリエルの球体が「正解」とピカピカ点滅する。

『彼女たちは私が創ったカオス・フロンティアの幼体を使い、アナタをコチラ側の世界へ呼び戻しました。それは成功しましたが、アナタが理の存在となっていたが故《ゆえ》にアナタ自身がこの世界へ干渉することができなくなっているのです』

正直、自分がそんな大それた存在になっているという自覚がないせいかピンとこない。

……というか、やっぱりあの黒い少女を創ったのはこの人だったのか。あの子の存在には今までとは違う誰かの意図のようなものを感じていたしな。

必死になって新世界に転送したカオス・フロンティアが俺をこっちの世界に繋《つな》ぐためのパイプになるなんて何とも皮肉な話だ。

「じゃあ俺は皆と会えないって事か？　せっかくこっちの世界に戻って来れたのに？　ていうか、向こうの世界は大丈夫なのか？」

色々と気になる事が多すぎて、俺は矢継ぎ早に質問を重ねる。

『大丈夫です。慌《あわ》てずとも一つずつお答えしましょう』

俺を落ち着かせるように、ルリエルの光の球がゆっくりと明暗する。

『まず向こうの世界は問題ありません。アナタがどこにいようとも、あの世界もまた一つの世界として確立されようとしています。もう少し時間はかかりますがね』

それを聞いてほっとする。せっかく滅びの運命を回避したのにまた元に戻るなんて最悪だ。

『ただし少なからず影響は生まれます。我々のいた世界とアナタ方の世界を融合させたときに、異世界の残滓《ざんし》が生まれたように、僅《わず》かではありますが、アナタと共にカオス・フロンティアの残滓もまたコチラ側に入り込みました』

「なっ……。おいおい、それって大丈夫なんですか？」

『世界の維持には問題ありません』

世界の維持には、ね。……どこか引っ掛かりのある言い方だ。

「それ以外には何か問題があると？」

『カオス・フロンティアの欠片《かけら》はいわば超高密度のエネルギーの塊《かたまり》です。生物が取り込めば絶大な力を得る事ができるでしょう。弱いモンスターでもネームドクラスの力を持ち、悪意を持った者が取り込めば様々な悲劇が生まれるでしょうね』

大問題じゃないか。

「それってどうにかならないのか？」

『私自身にはもうどうする事もできませんが、アナタたちならどうにかできるでしょう。欠片の場所はユキやカオス・フロンティアの幼体なら探知することが可能ですし、取り込んだ生物や物質から分離させる術《すべ》も彼女たちなら可能でしょう。それに欠片はなじむまでに時間がかかります。今すぐに何か起こるという事はないでしょう』

……少なくとも今は大丈夫って事か。

『次にアナタが仲間と再会する方法ですが――』

光の球体が一際《ひときわ》強く輝く。

すると目の前にシステムのマスターキーに似た薄紫色の水晶球が出現した。

「……これは？」

『アナタからスキルを抜き取るための還元装置と言ったところでしょうか。これに手を触れればアナタは『世界創造』のスキルを失います』

「そうなんですか？　じゃあ、さっそく――」

『ただし』

俺が水晶に手を触れようとした瞬間、ルリエルは話は最後まで聞けという風に言葉を被《かぶ》せてくる。

『同時にアナタの種族は『臨界者』から『半神人《デミ・ゴッド》』へと戻ります。システム上の権限も全てリセットされます。結論から言えば、アナタはアナタが創ったあの新世界へ行くことは二度とできないのです』

「なんだ、そんな事か。別に構いませんよ」

『本当ですか？　向こうの世界ではアナタは文字通り神なのですよ？　今はまだ何もありませんが、これからどんな事でもできます。アナタの思い描く理想の世界を自由に創造できるのですよ？　記憶の中からアナタの仲間をそのままに創りだす事も、全ての悲劇が起きなかった理想郷を創る事もできるのです』

ルリエルは世界を創りだすことの素晴らしさを俺に説いてくる。

――自分の思い通りの世界が欲しい。そんな世界で好きに生きたい。

何のしがらみも、悲劇も、ストレスも、全てが存在しないハッピーな世界。

それは確かに誰もが一度は願う事かもしれない。でも俺にとっては何の魅力もない世界だ。

「だから別にいりませんよ。だって俺が生きたいと願った世界は皆がいるあの世界だけですから」

俺は自分の手を見る。ずいぶんとマメだらけのゴツゴツした手になったもんだ。武器なんて握った事もない俺がよくここまでやってこれたと思う。

「確かに悲劇なんて無い方がいい。でも……それでも俺がいたいのは、皆と共に生き足掻《あが》いてきたあの世界なんだ。俺は……やっぱり皆のところに帰りたい。帰らせてください」

『――分かりました。アナタの選択を尊重しましょう、クドウカズト』

俺は水晶に触れる。体から何かが抜ける感覚があった。

ルリエルは水晶を自分の中へと取り込む。

『これでスキル『世界創造』は返還されました。それに伴うアナウンスは元の世界に戻った時に流れるでしょう』

「分かりました。ところで他に色々聞きたいこともあるんですけど、いいですか？」

『アナタが元の世界に戻るまでまだ時間はあります。時間が許す限りお答えしましょう』

ならずっと気になっていた事を聞くとしよう。今回の戦いでずっと俺の心に残っていた疑問を。

「じゃあ、聞きたいんだけど……今回の一件。どこからがアンタの仕業だったんですか？」

『全てです』

あっさりとルリエルは俺の質問に答えた。

『巻き戻しも、それによる世界への影響も、リベルの記憶を消し去った事も、カオス・フロンティアに自我を植え付けた事も、全て私が行った事です』

「……一応聞くけど、何故？」

『勿論《もちろん》、世界を完全な状態にするためです。巻き戻しは過去を改変するだけでなく、世界をより強固にする作用もあるのです。本来であればカオス・フロンティア――世界のアポトーシスによる自浄作用を、巻き戻しによる段階的な強化によって代用しました』

「世界の強化、ね。言葉にするのは簡単ですが、そのためには莫大《ばくだい》なエネルギーが必要なはずです。そのエネルギーはどっから持って来たんですか？」

『当然、カオス・フロンティアからの流用です。最初のループでカオス・フロンティアが出現することは分かっていました。あとはリベルに与えた巻き戻しをカオス・フロンティアのエネルギーを使って繰り返すだけでよかった』

「……なんでカオス・フロンティアは抵抗しなかったのですか？」

『目的に反していなかったからです。先ほど私はカオス・フロンティアの目的を『滅び』と言いましたが、正確には世界を一度滅ぼすことでより強固な世界にすることが役目なのです。つまり世界をより強固にできるのであれば過程は問わないのです』

「なるほど。じゃあそのために実の娘を利用したっていうことですか？　アンタの事をあれだけ信じて、慕っていた彼女を……！」

『はい。必要な事でしたから』

あっさりと彼女は肯定する。

そこには感情の波は一切《いっさい》ない。ただひたすらに無機質な声だけが響いた。

それが妙に俺の神経を逆なでする。

『かつての私は苦悩していました。世界を滅びから救うためにはアナタたちの世界を巻き込み、娘を利用し、全てを利用しなければいけなかった。なので私は自分の感情を全て消去しました』

「感情を……消した？」

『はい。そうしなければかつての私には耐えきれませんでしたから。結果、私は世界を融合させ、システムを構築し、娘を利用し、アナタたちを利用し、カオス・フロンティアを利用し、この世界を新たな一つの世界として完全に確立させた。改めて感謝申し上げます、クドウカズト。アナタがいなければ、これは成し得なかった』

「ッ……」

あまりにも無機質に、あまりにも無感情にそう告げる彼女に、俺は言葉が出なかった。

だって理解できてしまったから。

ここまで己を削らなければ、自分の全ての人間性を捨て去らなければ、彼女は世界を救えなかった。世界を救う。

ああ、実に甘美な響きだ。

これ以上、人を奮い立たせる理由はない。

それができる人間ならば、尚の事、できることをしようと頑張ってしまうだろう。

事実、俺だってそのために頑張ってきたのだから。

「……アンタはこれからどうなるんですか?」

『システムとして永劫稼働《えいごうかどう》し続けます。会話を交わすのもこれが最後になるでしょう。『臨界者』の他にも『監視者』やシステムに干渉できるスキルはいくつかありましたが、カオス・フロンティアの問題が無くなったことでそれらも必要なくなりましたから』

「……やっぱり『臨界者』以外にもシステムに干渉できる種族はあったんだな」

ひょっとしたらアロガンツが生き延びていれば、アイツがその種族と固有スキルを手に入れていたのかもしれない。

『はい。『早熟』、『共鳴』、『検索』、『合成』、『傲慢《ごうまん》』など、いくつかの固有スキルは他の固有スキルに比べ世界への影響力が強いです。アナタ以外の固有スキル保有者も『臨界者』やそれに類似した種族、スキルを手に入れていた可能性は十分にありました』

淡々と、どこまでも無機質に彼女は言葉を紡《つむ》ぐ。

「……ないんですか？」

『もう一度、仰《おつしや》ってください』

「感情を……取り戻す事はできないんですか？　せめて、そうせめて一度でいい。リベルさんともう一度、会話をする事はできないんですか？」

リベルさんの記憶を取り戻す時に、俺は彼女の記憶を見た。

リベルさんがどれだけこの人を、母親を想《おも》っていたか知っている。

彼女と話をしてほしかった。そう思ったのだが――、

『できません。それだけは不可能です』

ルリエルははっきりと断った。

「どうして……！」

『言ったでしょう？　かつての私はその感情に耐えきれなかったと。仮に感情を取り戻せば、きっと私はシステムとしてこの世界を維持することはできなくなる。だから会うわけにはいかないのです。どうしても』

「でも……それでも会いたいはずなんです。リベルさんはアンタに……」

『……』

「だから会ってくれよ。あれだけ頑張った彼女に、最後に……ほんの少しでいい。ご褒美《ほうび》をあげたいんだ」

頑張ったんだ。

リベルさんは本当に頑張った。

何度も、何度も、何度も、俺たちのために時間を繰り返し、殆《ほとん》ど諦めかけても、結果なんていらないってうそぶいても、それでも俺たちのために彼女は頑張ってくれたんだ。

だからいいじゃないか。少しくらい報われたって。それだけの事をしたんだ。

『…………ごめんなさい』

だが、彼女の母は――――ルリエルは拒絶した。

『今の私には彼女に会う資格はありません。それだけの事をしたのです。我々の世界を救うためにあらゆる全てを巻き込んで犠牲にして進んできたからこそ、それだけはできないのです』

「お前……ッ」

『だからクドウカズト、貴方《あなた》にこれを託します』

そういうと、彼女の元から小さな光の球が俺の元へと放たれる。

「……これは？」

『それは記憶です。こうなる前の、かつての私の記憶。せめてそれをあの子に渡して下さい』

「……分かりました。必ず渡します」

俺は自分の胸に手を添えて誓う。

「あ、でも絶対にアンタとリベルさんを会わせてみせるからな。資格もクソもあるか。俺の諦めの悪さは知ってるだろ？」

システムに二度と干渉できない？　もう会う事もない？　そちらさんの都合なんてこっちは知っ

たこっちゃないんでね。

『……無理ですよ。そう断言してもきっとアナタは——いえ、アナタたちはいつか実現してしまうのかもしれませんね』

光の球体が微笑《ほほえ》むように優しく光った気がした。

『そろそろ時間です。ではさようなら。クドウカズトよ。願わくば、これからのアナタの世界に光があらんことを——』

《——『管理者権限』及び『臨界干渉』をスキルから消去します》
《種族『臨界者』をリセットします》
《帰還後、新たな種族を選択してください》

そのアナウンスを聞きながら、俺の意識は暗転した。

●

——目を覚ますと、目の前に奈津さんがいた。

「…………は？」

その時の奈津さんの表情は凄《すご》かった。驚きやら混乱やら喜びやら色んな感情がぐちゃぐちゃに混ざったような表情で。

「…………えっと、その……」

「カズトさんっ！」

奈津さんは俺の名を叫ぶと、ぎゅっと抱きついてきた。

「……本物ですよね？」

「まあ、その……本物です、一応」

「良かった。本当に良かったです。もう会えないと……ほんのちょっとだけ思っちゃいましたから」

俺は奈津さんの背中に手を回すと、彼女を落ち着かせるように優しく撫でる。

「……心配をおかけしました。そして本当にすいませんでした」

「……今度はどこにもいきませんよね？」

「行きませんよ。ずっと一緒にいます。今度こそ本当に。勿論、皆も」

俺が目を向けると、モモたちも俺の方へと駆け寄ってくる。

「わんっ」「きゅー」「……（ふるふる）♪」

皆、嬉しそうに俺の足元を駆け回る。ああ、帰ってきた。本当にこの世界に帰って来たんだ。

「……カズトさん」

「……奈津さん」

俺と奈津さんの視線が交錯する。

そしてどちらともなく二人の顔がゆっくりと近づいてゆき――――。

「あー、おっほん」

その瞬間、リベルさんがわざとらしく咳払いをした。

俺と奈津さんはハッとなって離れる。

「ようやっと再会したのが嬉しくてイチャつきたくなる気持ちも分かるんだけどね？　悪いけど後にしてくれないかしら？　色々説明してもらってない部分が多すぎるのよね？　ね？　いいわよね？」

リベルさんは妙に苛立《いらだ》った口調でそうまくしたててくる。

「べ、別にイチャついてなんか……」

「そうですよ。俺と奈津さんはそういう関係じゃありません」

「え……？」

奈津さんが絶望的な表情になる。

「……あ、いや、その……。あくまでまだというだけで、これから先は……はい。そうなるように可能な限り努力します」

「ッ……！」

すると今度は花が咲いたような笑みを浮かべた。

「んー、ラブラブだねぇ。というか、私はもう普通に付き合ってると思ってたけど」

「多分、そう思ってないのは本人たちだけだろうな。それにしてもようやくか……。見てるこっちがもどかしかったな」

「ちっ……」

はいそこ、六花《りっか》ちゃんも西野君も茶化さない。あとなんで柴田《しばた》君は不機嫌そうなのさ。

「むぅ……」

「大丈夫よ、サヤちゃん。まだまだ機会《チャンス》はいくらでもあるわ」

あとサヤちゃんと五十嵐《いがらし》さんがなんかコソコソ言ってる。

「……うぅ、先輩……」

「諦めなさい。他にもいい男なんていっぱいいるわよ？」

「そんな風にあっさり割り切るから清水《しみず》チーフは結婚できないんですよぉ……」

「あんだとコラァ！　アンタ、今言っちゃいけない事言ったわよ！」

二条《にじょう》と清水チーフの方は見ない事にした。俺は何も聞いてないし見ていない。

「リベルさん、これを」

俺はあの光の球をアイテムボックスから取り出す。

「なによそれ？」

「アナタのおか――お師匠様からのお土産です」

「ッ……！　そう、ありがたく頂くわ」

光の球はリベルさんの方へふわふわと移動し、やがて彼女に吸い込まれるようにして消えた。

「……なるほど、そういう事だったの」

「リベルさん？」

「……情報が一気に頭の中に入って来たわ。まあ、その……色々あったのも分かった」

リベルさんはどこか遠くを見つめると、

「……ホント、私以上に不器用な人ね……」

ぽつりとそう呟《つぶや》いた。

複雑そうな表情をしているが、少なくともその瞳《ひとみ》には強い光が籠《こも》っていた。……もう大丈夫だろう。

俺は改めて皆の方を見る。

奈津さんやモモをはじめ、皆が笑みを浮かべていた。

「……お帰りなさい、カズトさん」

「おかえり、おにーさん」

「お帰りなさい、カズトさん」

「おかえり、カズ兄《にい》っ」

「ちゃんと帰って来てくれて安心しましたよ」

「わんっ！」『ワォンッ！』『キュー♪』『……（ふるふる）♪』

『お帰りなさいです、おとーさん』

『カズトー、おかえりー』

『ふんっ……まったく、これ以上シロちゃんに心配かけさせるのは許さんからな』

皆、口々に声を掛けてくれる。

ああ、こんなにも大勢の仲間に囲まれて、俺は本当に幸せだ。

俺は万感《ばんかん》の思いを込めて返事をする。
「みんな——」

——第六章『ただいま』

終章

終わりよければ全てよし。

この世界は滅びを免《まぬが》れ、全てが丸く収まりハッピーエンドとなった――という訳でもない訳です。

「……クドウカズト。お腹《なか》が空きました。食事を要求します。あと甘いものも」

「いや、あのカオス・フロンティアさん……？」

「その名前は私ではなく、本体の名前です。私はティア。カオス・フロンティアの端末という設定の偽物《にせもの》。今はただのティアです。……そう名付けたのはアナタでしょう？」

「いや、そうですけど……」

「なので名付けたアナタには私を養い、世話をする義務が発生します。さあ、早く食事を。そして甘いものを。さあ、早く」

……どうしてこうなったんだろう？

俺《おれ》はカオス・フロンティアの端末の少女――ティアに食事をせがまれている。

確かにあの後、茫然《ぼうぜん》自失となったこの子をなんとか説得して立ち直らせたのは俺だけどさ。

こんな風になるなんて思わないじゃん？

『お父さん。僕もお腹が空きました。砂糖水が欲しいです』

ついでに肩車しているスイからも食事をせがまれる。

「ぷぷ……まるで休日の父親みたいね。結婚もまだしていないのに父親になった気分はどう？」

「お願いだから黙ってくれ……」

その光景を滅茶苦茶いい笑顔を浮かべながら眺めているユキに茶化される。

「あら？　それならいっそのこと、私も交じればいいのかしら？　おとーさん、ティアちゃんばっかりずっるーい、とか？　……言ってて恥ずかしいわね、これ」

「なら止《や》めろよ……。というか、なんで当たり前のようにお前らはこっち側にいるんだ？　中央サーバーに戻らなくていいのか？」

「私たちはあくまでも端末だもの。システムが正常に稼働《かどう》している今、こっちで遊んでいても問題ないわ」

「今、はっきり遊んでもって言ったな、お前」

「私はユキと違い、世界を滅ぼす時までお役御免なので何もすることがありません。本当に暇なのです」

「完全にぶっちゃけたな、お前⁉」

なんなの、この端末たち。自由になり過ぎだろ。

「ふふ、好かれてますね。いいと思いますよ」

「奈津《なつ》さん、見てないで助けて下さいよ……」

すると奈津さんはゆっくりと後ろへ下がる。

「私、人見知り。コミュニケーション、苦手デス」

「なんで急に片言になったんですか⁉　奈津さんまでキャラ崩壊しないで下さいよっ」

もうツッコミが追いつかないんだって。

「で、実際これからどうするの？」

「どうって？」

「この世界は滅びを免れた。でもその結果、カオス・フロンティアの力の破片が世界各地に散らばったわ。回収しなきゃ色々面倒なことになるわよ？」

「……分かってるよ」

事実、既《すで》にリベルさんは回収に動いている。

ルリエルは少しといっていたが、とんでもない大ウソだ。

世界各地に散らばったカオス・フロンティアの力の欠片《かけら》は数百にも及んでいた。

取り込めば弱いモンスターですらハイ・オークラスのネームドになれる代物《しろもの》が数百。頭を抱えるには十分すぎる問題である。

だが発生地点が日本だったからか、大半の欠片は日本に集中しているらしい。

数は少ないが回収に手間取る海外をリベルさんやアロガンツたちが担当し、俺たちが日本国内の欠片を回収するという事になった。

『地元はアンタたちに任せるわ。私は海外を回る。私の召喚獣なら移動にも困らないしね』

『……いいんですか？』

『いいのよ。それにしばらくはアンタたちと離れてゆっくりこの世界を見て回りたいの。お師匠様が残したこの世界をね……』

そんな感じでリベルさんは旅立って行った。

再会するのはまだしばらく先になるだろう。

というか、俺はアロガンツたちがそのまま生きている事にも驚いたよ。

てっきりアロガンツやハイ・オークたちはあくまで俺が『臨界者』としての力で一時的に復活させただけだと思っていたからな。

……ひょっとしたらルリエルが俺から『臨界者』の力を回収した時に何かしたのだろうか？

というか、それしか考えられない。

どうやらハイ・オークや他《ほか》のネームドたちの生殺与奪《せいさつよだつ》はアロガンツが握っているらしく、彼らは大人しくアロガンツに従ってくれているらしい。というか、存外楽しんでいるとの事だ。

『英雄賛歌』や『魔王礼賛《らいさん》』の効果は消えているので、力は以前の状態に戻っているらしい。

俺たちとしても人間と敵対しないのであれば、事を構えるつもりはない。

むしろ彼らが他のモンスターを説得し統率して、人々がモンスターに襲われる事態が減れば大助かりだ。

「それはそれで現代の魔王軍みたいな感じになるんじゃないの？」

「……大丈夫だと思う。きっと、多分……」

「滅茶苦茶自信なさ気じゃないの……」

「まあ、何かあったら俺たちが何とかします」

そのくらいは責任を取るさ。まあ、アロガンツなら大丈夫だと思うけどな。今のアイツなら信用できる。

「俺たちもぼちぼち回収に動くか。体も十分に休めたからな。ティア、欠片のおおよその位置は分かるんだろ？」

「はい、問題ありません」

「はぁー……行きたくないです……」

奈津さんが大きくため息をつく。遠出するのが嫌みたいだ。

「まあ、全国回る機会なんてそうそう無いですし、この機会に旅行ができるって考えましょう」

「……カズトさん、それはリア充のポジティブ思考ですよ……。うぅ、胃が痛い」

引き籠《こも》りの奈津さんにとっては厳しい旅になるかもしれないな。

「あはは。でも全国どこもこんな感じだし、楽しい旅行って訳にもいかないかもね」

「モンスターの被害はまだどこでも続いているからな」

「ていうか、私もナッつんと一緒に行きたいよー。しばらく会えなくなるの寂《さび》しい～」

「私もカズ兄《にい》と一緒にいたいー」

「クゥーン」

同じく抗議の声を上げるのは、六花《りっか》ちゃん、サヤちゃん、ついでにクロである。

「仕方ないだろ。全員で回るよりもグループで別れた方が効率がいいんだ」

既にあや姉《ねえ》や河滝《かわたき》さんのグループにも動いてもらっている。あや姉は九州方面を、河滝さんは北海道方面をそれぞれ中心に回っている。

俺たちも何グループかに分かれて、本州や四国を回る予定だ。

ちなみにチーム分けは俺と奈津さん、モモたち、氷見《ひみ》さんのチーム。西野《にしの》君や六花ちゃんのチーム。サヤちゃんや五十嵐《いがらし》さんのチームの三つに分かれて行う。

「ふひひ……我は奈津氏やクドウ氏と一緒に行かせて頂きます。……というか、それ以外の人たちとは無理ぽ。……マジで。すいません」

奈津さん級の人見知りである氷見さんは俺たちと共に行動することになった。まあ、奈津さんと仲もいいし実力も十分だ。頼りにしている。

「うぅ……私も先輩と一緒に行きたかった……」

「諦《あきら》めなさい」

「はは。まあ、こっちはこっちでやる事が多いからな。ねえ、市長？」

「うむ、藤田《ふじた》の言う通りだ。『安全地帯』の維持は我々の大切な仕事だ。頑張ってくれよ」

「はぁーい……」

藤田さんや二条《にじょう》たちにはここに残って拠点の拡張や後始末をしてもらう。

「まあ、メールでいつでも連絡は取り合えるし、石化したアカの座標《ポイント》も各地に設置していく。会おうと思えばいつだって会えるんだ。問題ないだろ」

「……そういう事を言っているのではないのです。そういう事じゃ……うぅ」

ブツブツ言いながら二条は清水《しみず》チーフに引きずられてゆく。

「さて、それじゃあ、俺たちもそろそろ出発しましょうか」

「はいっ」

「ふひっ」

「わんっ」『きゅー』「……（ふるふる）」『ふんっ』『わぁーい』

さあ、新しい旅の始まりだ。

俺たちは生きてゆく。

これからも、この世界で。

あとがき

どうも、よっしゃあっ！です。

モンスターがあふれる世界になったので、好きに生きたいと思います七巻を読んで頂きありがとうございます。約一年ぶりの続巻となります。いつも遅れて本当にすいません。

ここからは本編のネタバレになるのでご注意を。

今回は六巻から続く上下巻構成の内容となっております。今までは次巻への引きのようなものはありつつも基本的には一冊の中で完結していたので、こういう構成になるのは初めてになります。本当は六巻できちんと終わらせたかったのですが、流石にちょっとボリューム的に無理だったのでこういう構成になりました。その結果、完全書き下ろしとなり、ウェブ版からの引用は全く無くなってしまいました。どうして……どうして自分で自分の首を絞める事を……。

とはいえ、書いていてとても楽しかったです。

今回は六巻ではあまり触れなかった他の固有スキルの保有者達にもスポットが当たっています。

これはカズトさんが彼女らときちんと向き合ったからこそ、出番が増えたと思って下さい。

その結果、氷見さんが想像以上に濃いキャラだったと判明しました。こんな子をこれまでのループではさらっと流してたなんて、カズトさんもよほど心の余裕がなかったんでしょうね……。そういう事にしておいてください。

あやめさんに関しては外伝の主人公なので、あまり出しゃばらないようにと出番や台詞が少なめになってますが、もう少しカズトさんと絡ませても良かったかもしれませんね。ちなみに彼女の『検索』とハルさんの『変換』がなければ破獣討伐はほぼ不可能な仕様になってます。アロガンツやソラの旦那さんが居てもそれは変わりません。出番は少ないですが、割と重要ポジです。そんな彼女達の活躍は是非、外伝でお楽しみください。マンガＵＰ！様にてコミカライズも連載中です。よろしくお願いします。自然な流れで宣伝できましたね。よしっ。

それとカオス・フロンティアは居なくなりましたが、あの世界の名前はずっとカオス・フロンティアのままです。紛らわしくてすいません。

最後の謝辞を。

本作を執筆するにあたり毎回山のような誤字脱字の校正作業を頑張って下さった担当様、本作において命ともいえるイラストをハイクオリティで実現してくださったこるせ様。いつもお世話になっております。ティアはポンコツ可愛いと思います。

コミカライズを担当してくださったラルサン様。遂にコミカライズも十巻の大台に到達しましたね。いつも楽しみにしております。

さて一巻から続いたこの物語もこの巻でひとまずは大きな区切りを迎えることが出来ました。ここまで続けることが出来たのもひとえに皆様のおかげです。ありがとうございます。

それではまたどこかでお会いしましょう。

モンスターがあふれる世界になったので、
好きに生きたいと思います７
巻末特別イラスト

異世界の残滓たち

GAノベル

モンスターがあふれる世界になったので、好きに生きたいと思います7

2024年3月31日　初版第一刷発行

著者　よっしゃあっ!

発行者　小川 淳

発行所　SBクリエイティブ株式会社
〒105-0001　東京都港区虎ノ門2-2-1

装丁　MusiDesiGN(むしデザイン)

印刷・製本　中央精版印刷株式会社

ISBN978-4-8156-2443-9

Printed in Japan

ファンレター、作品のご感想をお待ちしております。

〒105-0001　東京都港区虎ノ門2-2-1
SBクリエイティブ株式会社
GA文庫編集部 気付

「よっしゃあっ!先生」係
「こるせ先生」係

本書に関するご意見・ご感想は
下のQRコードよりお寄せください。
※アクセスの際に発生する通信費等はご負担ください。

https://ga.sbcr.jp/

レアモンスター？それ、ただの害虫ですよ
～知らぬ間にダンジョン化した自宅での日常生活が配信されてバズったんですが～

著：御手々ぽんた　画：kodamazon

GA文庫

　ドローンをもらった高校生のユウトは試しに台所のゲジゲジを新聞紙で潰すところを撮影する。しかし、ユウトの家は知らぬ間にダンジョン化していて、害虫かと思われていたのはレアモンスターで⁉

　撮影した動画はドローンの設定によって勝手に配信され、世界中を震撼させることになる。ダンジョンの魔素によって自我を持ったドローンのクロ。ユウトを巡る戦争を防ぐため、隣に越してきたダンジョン公社の面々。そんなことも気づかずにユウトは今日も害虫退治に勤しむ。

　――この少年、どうして異常性に気づかない⁉　ダンジョン配信から始まる最強無自覚ファンタジー！